STAR WARS THE MANDALORIAN

Segunda Temporada

Adaptado por Joe Schreiber

Baseado na série criada por Jon Favreau e escrita por Jon Favreau, Dave Filoni, Christopher Yost e Rick Famuyiwa

São Paulo

2022

Disney · Lucasfilm

Grupo Editorial
UNIVERSO DOS LIVROS

Diretor editorial
Luis Matos

Gerente editorial
Marcia Batista

Assistentes editoriais
Letícia Nakamura
Raquel F. Abranches

Tradução
Dante Luiz

Preparação
Tássia Carvalho

Revisão
Alexander Barutti
Giovana Sanches

Arte
Aline Maria

Adaptação de capa
Barbara Garoli

Dados Internacionais de Catalogação na Publicação
(CIP (Câmara Brasileira do Livro, SP, Brasil) Angélica Ilacqua CRB-8/7057

S347s

Schreiber, Joe

Star Wars : the Mandalorian : segunda temporada / adaptado por Joe Schreiber ; baseado na série criada e escrita por Jon Favreau...[et al]; tradução de Dante Luiz. -- São Paulo : Universo dos Livros, 2022.

200 p. : il.

ISBN 978-65-5609-247-8

Título original: Star Wars – The Mandalorian – Season 2

1. Ficção norte-americana 2. Ficção científica
I. Título II. Favreau, Jon III. Luiz, Dante

22-2003 CDD 813.6

Universo dos Livros Editora Ltda.
Avenida Ordem e Progresso, 157 – 8º andar – Conj. 803
CEP 01141-030 – Barra Funda – São Paulo/SP
Telefone/Fax: (11) 3392-3336
www.universodoslivros.com.br
e-mail: editor@universodoslivros.com.br
Siga-nos no Twitter: @univdoslivros

Há muito tempo, em uma galáxia muito, muito distante...

CAPÍTULO 1

ESSE NÃO ERA LUGAR PARA UMA CRIANÇA.

O Mandaloriano abriu caminho na ruela com o berço prateado flutuando ao seu lado e o ocupante pequenino seguro ali dentro. A Criança estava sentada de olhos bem abertos, observando tudo com um resmungo. As favelas da Orla Exterior estavam cheias de sombras ameaçadoras, cada uma delas o anúncio de um problema. Fileiras de luzes piscavam acima de sua cabeça, projetando um brilho incerto nos muros cobertos de grafite, como se temessem o que poderiam iluminar. O ar estava parado, tórrido, como se tivesse sido calado, mas a calmaria enganava.

Eles não estavam sozinhos.

Olhos cintilavam na escuridão.

Mando parou diante de uma entrada escurecida, onde havia um guarda Twi'lek parado de braços cruzados. Como todos de seu tipo, o Twi'lek era, na maior parte, humanoide, com a exceção de dois lekku alongados saindo de seu crânio. O olhar era frio, um desafio silencioso para qualquer um azarado o suficiente para chegar ali por acidente, enquanto esperava que o Mandaloriano dissesse o que queria.

– Estou aqui para ver Gor Koresh – disse Mando, e a Criança arrulhou, concordando. Depois de um momento, o porteiro abriu espaço para eles passarem.

– Aproveite as lutas – disse o Twi'lek.

Mando entrou, ouvindo gritos e aplausos, o tinir de metal contra metal. No ringue, dois lutadores Gamorreanos enormes, de aparência suína, batalhavam um contra o outro com vibromachados, enquanto os espectadores assobiavam e rugiam em meia dúzia de línguas e dialetos diferentes. Mando mal olhou para eles, mas a Criança parecia fascinada pela demonstração de brutalidade entre as cordas.

Após escanear a multidão, Mando avistou quem procurava.

Gor Koresh era um Abyssin de pele verde e um tanto estiloso, vestido em um terno perfeitamente branco, com brincos e uma argola no nariz. Havia quatro guarda-costas ao redor dele, todos bem armados e focados em Mando e seu companheiro no berço flutuante. O único olho de Koresh foi da Criança a Mando com um misto de confusão e desaprovação.

– Você trouxe o garoto?

– Ele vai aonde eu for – disse Mando.

Koresh bufou.

– É o que me disseram.

– Minha missão é reuni-lo com os outros de sua espécie – disse Mando. – Se eu puder contatar outro Mandaloriano, eles vão poder me guiar. Me contaram que você sabe como encontrá-los.

A atenção de Koresh continuava na luta.

– É grosseiro discutir negócios logo de cara – falou. – Aproveite o entretenimento.

Mando não teria usado a palavra *entretenimento* para descrever o que estava acontecendo no ringue, mas aguardou enquanto os dois lutadores brandiam os machados um contra o outro, trocando golpes enquanto chegavam ao ato final daquele drama desesperado e cheio de suor. Um deles acertou o oponente no torso, jogando-o no chão, e a plateia foi à loucura.

– Bah! – grunhiu Koresh, claramente irritado pelo resultado. – Meu Gamorreano não está se saindo bem. – Então ergueu o tom de voz até gritar, juntando-se aos berros da torcida. – Mate-o! Acabe com ele!

Como se respondesse ao comando de Koresh, o Gamorreano ferido recuperou o equilíbrio e contra-atacou. Koresh virou-se para o caçador de recompensas.

– Costuma apostar, Mando?

– Não se puder evitar – respondeu o Mandaloriano.

Koresh riu de forma desagradável.

– Vou apostar pela informação que procura que esse Gamorreano vai morrer no próximo minuto e meio. E tudo que você precisa apostar em troca é essa sua armadura brilhante de beskar.

Mando se virou para ele.

– Estou preparado para pagar pela informação – disse. – Não vou contar com a sorte.

– Nem eu – retrucou Koresh. Entre as cordas, o vencedor ergueu o machado para acabar com o oponente. Sem hesitar, o ciclope se levantou, puxou o blaster do coldre debaixo do paletó, apontou e disparou na direção do ringue, atingindo o peito do Gamorreano e jogando-o para trás, acabando com a luta.

Seguiu-se um silêncio de espanto. Koresh virou o blaster para o Mandaloriano. Antes que Mando pudesse sacar a própria arma, os guarda-costas reagiram, apontando as armas para o caçador de recompensas.

À volta deles, a plateia parecia ter subitamente perdido todo o interesse no derramamento de sangue. Pularam dos assentos e correram para as saídas, deixando Mando e a Criança sozinhos com Koresh e seus capangas.

– Obrigado por vir até mim – disse Koresh. – Normalmente, eu teria procurado resquícios de vocês, Mandalorianos, nos seus esconderijos para coletar essas preciosas carapaças brilhantes. – Ele deu outra risadinha. – O valor do beskar continua subindo. Acabei me apegando ao material. Tire-o agora, ou vou arrancá-lo de seu cadáver.

O Mandaloriano não se moveu. Conseguia ver a Criança ao lado dele se esgueirando na ponta do berço, assistindo ao embate com atenção.

– Diga onde estão os Mandalorianos – advertiu Mando – e vou sair daqui sem matá-lo.

Koresh franziu a sobrancelha.

– Achei que tinha dito que não fazia apostas.

– E não faço – disse Mando. Sabendo o que estava por vir, a Criança se escondeu no berço em forma de ovo e o fechou a tempo de Mando ativar a braçadeira de mísseis guiados da manopla em seu pulso. Os pássaros assobiantes atravessaram os guarda-costas como um enxame mortal, derrubando-os em questão de segundos.

Ouviu-se um uivo furioso do ringue, conforme o gladiador Gamorreano que sobrevivera pulava sobre as cordas, disparando em direção a Mando. O Mandaloriano deu um passo para trás, e o Gamorreano caiu no chão com um baque de gelar os ossos. Um instante depois, o caçador de recompensas sentiu um par de braços segurando-o por trás enquanto três lutadores armados, empregados por Koresh, o acertavam com uma salva de socos e chutes. Um deles brandia um machado de guerra, e Mando esquivou-se a tempo de ver Koresh correndo em direção à saída.

Mando acertou o crânio do Twi'lek à sua frente e girou-se para atacar o brutamontes às suas costas antes que a mola em seu pulso ejetasse um canivete automático, finalizando com eficiência letal os dois últimos lutadores. Então, sacou o próprio blaster e correu para a porta em busca do Abyssin.

Do lado de fora, encontrou Koresh tentando escapar pela ruela de trás, agitando os cotovelos e soltando grunhidos de pânico enquanto corria. O Mandaloriano ergueu o braço e lançou um cabo de agarre, capturando os tornozelos do ciclope para tirar seu equilíbrio e arrastá-lo para perto. Em seguida, atou o cabo ao redor de um poste e içou Koresh no ar, os pulsos amarrados às pernas atrás das costas dele, a cabeça para baixo e o paletó branco tremulando como um par de asas inúteis.

– Está bem! – disse Koresh. – Pare! Vou dizer onde ele está. Mas precisa prometer que não vai me matar.

– Prometo que não vai morrer em minhas mãos – afirmou Mando. Já conseguia ouvir as criaturas de olhos vermelhos escondidas nas sombras se aproximando. As garras arranhavam, ávidas, enquanto eles se moviam para mais perto. – Agora. Onde está o Mandaloriano de que você ouviu falar?

– Tatooine.

Mando olhou para ele, surpreso.

– O quê?

– O Mando que conheço está em Tatooine – repetiu Koresh. Depois de ter sacrificado grande parte de sua dignidade, a voz dele falhou enquanto tentava preservar o que restava de sua compostura.

– Passei muito tempo em Tatooine – disse Mando. – E nunca vi um Mandaloriano lá.

– Minhas informações são boas, vai por mim. Na cidade de Mos Pelgo. – A voz do Abyssin começava a soar rouca, como se ele estivesse com dificuldade para respirar. – Eu juro pelos Gotra!

– Tatooine, então – concluiu Mando e virou-se para ir embora, com a criança flutuando ao seu lado.

– Espere, Mando! – gritou Koresh. – Não pode me deixar assim! Me tira daqui!

– Isso não faz parte do acordo.

Virando-se, o Mandaloriano disparou contra o poste de luz acima de Koresh. Ao redor dele, encorajadas pela escuridão, as sombras de olhos vermelhos investiram contra a presa e Gor Koresh começou a berrar.

– Espere, o que está fazendo? Mando! Posso pagar! *Mando*!

Mas o Mandaloriano não olhou para trás.

CAPÍTULO 2

TATOOINE. ERA COMO SE NUNCA TIVESSE SAÍDO DE LÁ.

Planando sobre as dunas e cânions, Mando atravessou a imensa areia dourada a bordo da *Razor Crest*, passando por um Caçador Tusken montado em um bantha no penhasco com vista para Mos Eisley. Guiou a nave para baixo, pousando-a na plataforma do hangar três-cinco, que já lhe era familiar, e abaixou a rampa em meio a uma nuvem de vapor hidráulico.

Peli Motto esperava por ele, vestindo o macacão e o cinturão de ferramentas de sempre, os droides avançando em direção à nave como a equipe de um pit-stop. Ela os mandou embora.

– Certo – disse ela. – Ei, ei, ei! Sinto muito, turma. – Ela sacudiu a cabeça. – Vamos, vocês sabem que ele não gosta de droides.

Mando desceu a rampa com uma bolsa a tiracolo.

– Pode deixá-los – disse. – A *Crest* anda precisando de uma revisão.

Peli Motto ergueu uma sobrancelha.

– Ué? Agora ele gosta de droides? Bem, vocês ouviram. Façam uma revisão. – Enquanto os droides se afastavam em direção à nave, Peli voltou sua atenção para Mando. – Suponho que muita coisa mudou desde a última vez que você esteve em... – A voz dela ficou mais alta e empolgada quando viu a cabeça da Criança aparecendo na bolsa. – Ah, graças à Força! Essa coisinha estava me deixando louca de preocupação. Vem cá, seu ratinho womp. – Ela pegou a Criança e riu quando ela arrulhou em seus braços. – Parece que ele se lembra de mim. – Então olhou para Mando: – Quanto você cobra por ele? Brincadeirinha... Ou não. Sabe, se algum dia essa coisa germinar ou se dividir, eu pagaria pela prole.

Um zunido e um estrondo vieram da *Razor Crest*, e ela e Mando se viraram para ver uma mangueira hidráulica solta sacudindo-se no ar.

– Ei! – gritou Peli. – Cuidado aí em cima! Ele mal confia no tipo de vocês!

Mando voltou a focar nela.

– Estou aqui a negócios – disse. – Preciso de sua ajuda.

– Então vamos falar de negócios – disse Peli, ainda ninando a Criança nos braços. – Quer que eu cuide dessa criaturinha enrugada enquanto você se aventura por aí?

– Minha missão é levá-lo de volta para o povo dele – declarou Mando.

– Ah, uau. Não posso ajudá-lo. Nunca vi ninguém parecido com ele.

– Uma armeira Mandaloriana me mostrou o caminho – disse Mando. – Se eu puder localizar outro como eu, posso traçar uma rota pela rede de esconderijos. – Ele contou a ela a respeito de Mos Pelgo, o que esperava encontrar por lá e o que precisaria dela.

– Ainda tem aquela moto deslizadora?

— Tenho, sim — respondeu Peli. — Está um pouco enferrujada, mas tenho.

Mando a seguiu para fora dali.

Peli tinha razão: o veículo *estava* enferrujado, mas ainda servia para levá-los pelas dunas com bastante velocidade e sustentação, com Mando agarrando os controles e a Criança feliz dentro da sacola da moto, as orelhas balançando com a brisa. Mesmo em alta velocidade, a jornada continuou até o anoitecer. Passaram a noite em um acampamento de Caçadores Tusken que estavam agrupados com seus banthas ao redor de uma fogueira, o Mandaloriano falando em silêncio com eles, por meio de gestos e linguagem de sinais para saber como continuar, enquanto a Criança se esbaldava com um rato womp. De manhã, recomeçaram a viagem, esperando chegar ao destino antes do meio-dia.

A cidade de Mos Pelgo não passava de um assentamento de minério feito de construções elevadas e fachadas empoladas. Algumas das casas eram feitas de argila cozida e construídas acima de deques, para evitar que afundassem na areia. Os residentes agrupavam-se diante das portas, encarando em silêncio conforme Mando dirigia pela rua e parava a moto deslizadora diante do bar.

A parte de dentro do estabelecimento parecia muito escura depois da claridade do dia, mas Mando conseguia ver que o bar estava quase vazio. O Weequay atrás do balcão olhou para ele.

— Posso ajudá-lo?

— Estou procurando um Mandaloriano — disse Mando.

— Bem, não recebemos muitos visitantes por essas bandas. Pode descrevê-lo?

– Alguém que se parece comigo.

O bartender de pele enrugada o olhou por outro instante, perguntando-se o que estava acontecendo.

– Quer dizer o xerife?

– Seu xerife usa armadura Mandaloriana?

– Veja por si mesmo – respondeu o bartender, fazendo um gesto com o queixo.

Mando virou-se para ver a figura na porta, uma sombra contra o céu iluminado do deserto. De fato, o homem vestia uma armadura de beskar e um elmo.

– O que o traz aqui, forasteiro?

– Estou à sua procura há muitos parsecs – respondeu Mando.

– Bem, agora me encontrou – disse o xerife ao entrar, as tábuas do chão rangendo sob suas botas. – Weequay, dois tragos de spotchka. – Virou-se para Mando. – Por que não bebe comigo?

Sem esperar pela resposta, o xerife pegou a garrafa de líquido azul, dois copos e os levou até uma mesa próxima, sentando-se diante dela.

Então, fez a última coisa que Mando teria esperado: tirou o elmo.

– Nunca conheci um Mandaloriano de verdade – disse o homem com um sorrisinho. Ele era bronzeado e tinha traços finos, com barba por fazer e um brilho divertido nos olhos. – Ouvi falar... Sei que vocês são bons assassinos. E provavelmente não está feliz em me ver usando uma armadura de um dos seus. Então, suponho que só um de nós vai sair andando daqui. – Olhou de relance para a Criança, que estava de pé, observando o conteúdo de uma cuspideira. – Mas daí eu vejo esse carinha, e penso que posso tê-lo julgado mal?

– Quem é você? – perguntou Mando.

– Cobb Vanth – respondeu o homem. – Xerife de Mos Pelgo.

– Onde conseguiu a armadura?

Vanth levou o copo à boca e bebericou.

– Comprei de uns Jawas.

– Entregue-a – ordenou Mando.

– Olhe, camarada – disse Vanth, deixando o copo de lado. – Tenho certeza de que, lá na sua terra, você é quem manda. Mas, aqui, sou eu.

– Tire-a. – Mando deu um passo na direção dele. – Ou eu tiro de você.

Vanth não parecia muito intimidado pela ameaça. Na verdade, parecia aceitar de bom grado o confronto inevitável, com jeito de quem estava deixando as formalidades para focar no que importava.

– Vamos fazer isso na frente da criança? – perguntou.

Ao lado da cuspideira, a Criança arrulhou suavemente.

– Ele já viu pior – respondeu Mando.

– Aqui mesmo, então?

– Aqui mesmo.

Dando de ombros, Vanth tirou a cadeira do caminho e levantou-se para encarar o Mandaloriano. Moveu-se para tocar no coldre em seu quadril, dedos em riste. Atrás do balcão, o Weequay se mantinha parado, segurando a respiração enquanto o Mandaloriano esperava que o xerife desse o primeiro passo.

Então, o terremoto começou.

CAPÍTULO 3

O TREMOR SACUDIU O BAR INTEIRO, tilintando os copos e balançando a cuspideira de um lado para o outro. Vanth ergueu um dedo, como se dissesse "Espere um segundo", deu meia-volta e foi até a porta. A tremedeira se intensificou. Mando conseguia ouvir as sirenes apitando ao longe.

Ele seguiu Vanth para fora, parando diante do bar. O xerife estava olhando a rua principal, à distância. Ao redor deles, os moradores de Mos Pelgo gritavam e corriam até suas casas. Um bantha ansioso amarrado a um poste zurrou, assustado.

Algo se aproximava.

Chegou com um rugido ensurdecedor. Mando conseguia ver a forma sob a terra, as costelas pontudas projetadas para fora da areia, a vibração do uivo interrompendo o solo, fazendo-o ceder, mudar e girar como as ondas de um oceano. De repente, a coisa irrompeu, a boca escancarada, maior do que Mando esperava, como uma caverna viva cheia de dentes. A criatura ergueu-se e caiu sobre o bantha, devorando-o em uma bocada antes de desaparecer de novo sob a superfície, com um jato de areia e pó.

Na entrada do bar, Vanth e Mando observavam a poeira abaixar sob o sol do meio-dia. Dentro do estabelecimento, a cabeça da Criança saiu da cuspideira onde se escondera. Finalmente, Cobb Vanth suspirou.

– Talvez dê para chegarmos a um acordo – disse.

Mando e Vanth caminharam na plataforma elevada para longe do bar. Lá fora, os cidadãos já reparavam os danos. Algo na rotina deles fazia Mando sentir que isso já acontecera muitas vezes, uma situação corriqueira no assentamento.

– A criatura já aterrorizava essas bandas bem antes de criarem Mos Pelgo – disse Vanth. – Graças a esta armadura, posso proteger a cidade de bandidos e do Povo da Areia. Eles confiam em mim para cuidar deles. Mas um dragão krayt é demais para eu enfrentar sozinho. – Ele se virou para Mando. – Me ajude a matá-lo e eu entrego a armadura.

– Feito – concordou Mando, já bolando um plano. – Vou voltar para a nave, tirá-lo da areia ainda no ar, usar os banthas como isca.

– Não é tão simples assim – disse Vanth. – Ele sente as vibrações da nave e não sai do subsolo. Mas eu sei onde ele mora.

– É longe? – perguntou Mando.

Os olhos do xerife focaram em um ponto longínquo.

– Não muito.

Os dois partiram juntos para o deserto. Mando levou a deslizadora e Vanth dirigiu o motor modificado de um pod de corrida equipado com uma sela e controle de pilotagem, voando entre as colinas do Deserto de Jundland.

– Você não entende como as coisas eram – disse Vanth, erguendo a voz para não ser abafado pelo barulho do motor. – A cidade mal se aguentava em pé. Começou depois que ouvimos que a Estrela da Morte explodiu. A segunda, quero dizer...

O xerife contou a Mando que o Império saiu de Tatooine quando a ocupação terminou. A princípio, eles estavam festejando nas ruas, mas a celebração não durou muito. O Coletivo Minerador chegou na mesma noite. Soldados armados escondidos atrás de viseiras escuras encheram o bar, tomaram o controle de forma brutal para manter os moradores sob controle.

– O poder odeia o vácuo – disse Vanth –, e Mos Pelgo virou um acampamento de escravos do dia para a noite. – Ele olhou ao longe, revivendo a memória. – Eu fugi, levando o que pude. Peguei um camtono. Não fazia a mínima ideia de que estava cheio de cristais de oxalato de sílica. – Descreveu como escapou da cidade e foi para o deserto, vagando por dias sem água nem comida até quase não aguentar mais. – E então me salvaram. Os Jawas.

Os catadores de lixo ficaram fascinados com os cristais de oxalato de sílica que Vanth trouxera consigo por acaso. Ofereceram abrigo a ele no rastejador de areia, deram-lhe água e a oportunidade de se recuperar.

– Os Jawas ficaram deslumbrados com os cristais – disse Vanth. – Eles os queriam a qualquer custo, e ofereceram o que tinham de melhor. Meu tesouro comprou muito mais do que um odre de água. Comprou minha liberdade.

A armadura de beskar que os Jawas carregavam a bordo do rastejador de areia estava muito esburacada e arranhada por causa do ambiente árido do deserto onde a encontraram, mas, mesmo assim, Vanth viu seu potencial – não apenas para si mesmo, mas para salvar Mos Pelgo.

Ele explicou como voltou ao assentamento vestindo o elmo e a armadura, depois de ativar o sistema bélico há muito adormecido.

Os sicários da colônia mineradora ainda estavam no bar, descansando atrás das mesas. Vanth pegou o blaster e abriu fogo, acabando com eles sem um arranhão. Quando o último sicário tentou fugir em um deslizador, Vanth saiu e disparou um míssil das costas, destruindo o deslizador antes mesmo de ele alcançar o deserto.

Foi assim que se tornou xerife de Mos Pelgo.

Vanth terminou a história quando chegaram aos cânions do Deserto de Jundland. Tudo estava perturbadoramente quieto enquanto ambos vasculhavam devagar as catacumbas de areia, cada som ecoando ao redor deles. Tiveram o vislumbre de um movimento em um sulco próximo, e Mando viu uma matilha de massifes. Os lobos-lagartos reptilianos rosnaram, as garras remexendo-se e estalando na areia rochosa.

Vanth ergueu o blaster e mirou, mas Mando o interrompeu, abaixando devagar o cano da arma. Mando, então, soltou um uivo gutural que ecoou no cânion. Houve silêncio.

– O que você está fazendo? – perguntou Vanth.

Um momento depois, meia dúzia de membros do Povo da Areia saiu do esconderijo. Dois dos massifes correram até Mando como filhotes grandes demais, cheirando-o com curiosidade. Quando os

Caçadores Tusken começaram a conversar com ele em linguagem de sinais, Mando respondeu.

– Ei, parceiro – disse o xerife. – Quer me explicar o que está acontecendo?

Mando se agachou e esfregou a cabeça de um dos lobos-lagartos, dando-lhe tapinhas no peito.

– Eles também querem matar o dragão krayt – disse.

Passaram aquela noite com os Tuskens, à volta da fogueira do acampamento, as cabanas abobadadas cintilando com o fogo. Um Tusken partiu um ovo preto e o passou para Vanth, cujo rosto se contorceu ao ver o conteúdo, sem disfarçar o nojo.

– O que eu deveria fazer com isso? – perguntou.

– Beber – respondeu Mando.

– Essa coisa fede.

– Quer a ajuda deles?

– Não se eu tiver que beber isso – disse Vanth.

O Povo da Areia discutiu em sinais, e Mando respondeu com uma série de gestos e virou-se para Vanth.

– Eles disseram que vocês roubam a água deles e agora você os insulta ao não bebê-la. – Fez sinais com as mãos novamente. – Eles sabem o que aconteceu com Mos Pelgo. Sabem quantos membros do Povo da Areia você matou.

– Eles invadiram nosso vilarejo – protestou Vanth. – Eu defendi a cidade!

– Abaixe a voz.

O Povo da Areia começou a se remexer agressivamente. Os massifes saíram das sombras, aproximando-se e rosnando.

– Eu sabia que isso era uma péssima ideia – disse Vanth.

– Você está perturbando eles – falou Mando. Os Tuskens se ergueram, procurando as armas, e Vanth já estava atrás do próprio blaster.

O xerife jogou o conteúdo do ovo longe, sacudindo a mão com desdém.

– Não dá para conversar com esses monstros – disse, levantando-se e encarando o Tusken mais próximo. – Sente-se antes que eu acabe com você! Não vou falar...

VRUSH! Uma cortina de chamas irrompeu do pulso de Mando, interrompendo o confronto e forçando Vanth e os Tuskens a darem um passo para trás. No silêncio que se seguiu, Mando uivou para o Povo da Areia, gesticulando furiosamente.

– O que você está falando para eles? – Vanth exigiu saber.

– A mesma coisa que eu falei para você – disse Mando. – Se lutarmos entre nós, o monstro vai matar todo mundo. Agora... – continuou, fazendo sinais para os Tuskens – como podemos matá-lo?

Viajaram nos banthas, em fileira única, para as profundezas do deserto. Mando guiou um deles, com a Criança segura na sacola, e Cobb Vanth guiou outro, não parecendo muito feliz de ter trocado o motor modificado de pod pela fera que se movia sob seu corpo.

Provavelmente estava se perguntando como chegara a essa situação, viajando lado a lado com o povo que sempre viu como inimigo.

Enfim, chegaram a um penhasco com vista para o deserto e uma caverna que se abria entre os rochedos arenosos na base do cânion de pedra. Mando observou um dos Tuskens erguer um par de binóculos para inspecionar a paisagem e reconheceu os binóculos – era o mesmo par que o Povo da Areia tirara de Toro Calican pouco tempo atrás.

Mais abaixo, um dos Tuskens passou pela planície até chegar à boca da caverna, guiando um bantha relutante.

– Eles disseram que o dragão vive ali – informou Mando. – Disseram que está dormindo. Que mora em um poço de sarlacc abandonado.

O xerife sacudiu a cabeça.

– Morei em Tatooine minha vida inteira – disse. – Não existe nenhum poço de sarlacc abandonado.

– Existe, se você comer o sarlacc.

Continuaram a observar enquanto os Tuskens fora da caverna espalhavam comida de bantha para distrair a isca. Perto deles, o Povo da Areia sussurrava entre si, e o xerife esperava o caçador de recompensas traduzir o que eles diziam.

– Estão sacrificando um bantha para proteger o assentamento deles – disse Mando. – Eles estudam o ciclo digestivo do dragão há gerações. Eles o alimentam para que durma por mais tempo.

Os Tusken abaixo deles amarraram o bantha a uma estaca e começaram a se afastar.

– Olhe – disse Mando. – O dragão vai aparecer.

Não precisaram esperar muito. Da boca da caverna surgiu a criatura, emitindo um rugido ensurdecedor. Com a boca escancarada, ignorou o bantha e, com uma única mordida antes de voltar para a caverna, devorou os Tuskens que tentavam escapar.

Mando olhou para Vanth com o canto do olho.

– Eles podem estar abertos a novas ideias – disse.

De volta ao acampamento Tusken, Mando e Vanth se reuniram com os Tuskens ao redor de uma maquete do dragão feita de ossos de rato womp. O Povo da Areia se amontoava, bufando e gesticulando, enquanto Mando e Vanth estudavam o plano de ataque.

– O que são os ossos? – perguntou o xerife.

– O dragão – disse Mando.

– E essas pedrinhas?

– Nós.

Vanth sacudiu a cabeça.

– Não está na escala correta.

– Acho que está – retrucou Mando.

– Não pode ser – disse Vanth. – É grande demais.

Mando fez uma pergunta em sinais. Os Tusken concordaram com a cabeça.

– É a escala correta – afirmou Mando.

– Eu só vi a cabeça e o pescoço – disse o xerife. – Isso é muito maior do que eu imaginava. Talvez seja hora de reconsiderarmos nosso acordo.

Os Tusken apontaram uns para os outros e começaram a espalhar mais pedrinhas ao redor do dragão gigante.

– Faz mais sentido – disse Vanth. – De onde eles vão conseguir os reforços?

Mando decidiu que era o momento de contar a novidade.

– Eu ofereci o povo de seu vilarejo – disse.

CAPÍTULO 4

A NOTÍCIA NÃO FOI BEM RECEBIDA.

De volta ao bar, os cidadãos de Mos Pelgo já estavam discutindo com o xerife enquanto ele tentava explicar a situação e como o Povo da Areia os ajudaria a matar o dragão. Vanth já esperava resistência à ideia, e o povoado não o decepcionou.

– Eles roubam nossas minas! – protestou alguém.

– Eles são monstros – acrescentou o bartender Weequay.

Vanth estava pensando em como responder quando Mando deu um passo à frente.

– Eu vi o tamanho daquela coisa – disse o caçador de recompensas. – O dragão vai engolir o vilarejo inteiro quando der na telha. Vocês têm sorte de Mos Pelgo ainda não ser um campo de areia.

Os cidadãos ficaram em silêncio. Mesmo que fosse dolorosa, a verdade, quando dita por um forasteiro, carregava o peso inegável da autoridade.

– Eu conheço essa gente – continuou Mando. – Eles são brutais, mas o Mar de Dunas também é. Eles sobreviveram milhares de anos nestas areias e conhecem o dragão krayt melhor do que qualquer um de nós. – Fez uma pausa para deixar absorverem o fato. – São saqueadores, é verdade. Mas também cumprem suas promessas. Nós conseguimos fazer um trato com eles. Se deixarmos que fiquem com a carcaça e seu icor, eles ficarão do nosso lado na batalha e juram nunca mais levantar um blaster contra esta cidade, a não ser que um de vocês quebre o acordo.

A multidão trocou olhares. Assentiam lentamente com a cabeça, compreendendo o que precisava ser feito. Para o bem ou para o mal, iniciavam uma parceria.

Cobb Vanth esperava que sobrevivessem para poder apreciá-la.

Nos arredores da cidade, os humanos e o Povo da Areia trabalharam juntos, em uma aliança desconfortável, passando caixotes de explosivos para minas e carregando-os nas costas dos banthas. Quando um dos explosivos caiu da mão de um dos Tuskens, o homem ao seu lado gritou, irritado:

– O que está tentando fazer, explodir tudo?

Os Tuskens responderam com a mesma hostilidade, e Vanth se aproximou para acalmar a situação.

– Foi um acidente – explicou Vanth. Quando o homem e o Tusken se viraram, cada um para um lado, reclamando em voz baixa, o xerife olhou para Mando. – Vai ser ótimo – disse ele, tentando convencer tanto a si mesmo quanto ao Mandaloriano.

Depois de terminarem os carregamentos de munições, o grupo cavalgou rumo ao Deserto de Jundland, retornando ao covil do dragão. Na entrada da caverna, um dos membros do Povo da Areia se aproximou e se ajoelhou, pressionando uma mão contra o chão e falando em sinais com os outros.

– O que ele disse? – perguntou Vanth.

– Ele disse que o dragão está dormindo. – O caçador de recompensas fez uma pausa. – Se ouvirmos com cuidado, poderemos escutar sua respiração.

Olharam para baixo, e o Tusken ao lado do xerife bebeu de um ovo preto e o passou para ele. Vanth olhou para o ovo, suspirou e tomou um gole.

– Vamos começar – disse Mando.

– Os Tuskens disseram que a barriga é o único ponto fraco – informou Mando, enquanto o grupo trabalhava lado a lado para enterrar os explosivos do lado de fora da caverna. Outros Tuskens estavam mais longe, na planície, juntando o que parecia ser um grupo de enormes balestras mecânicas, com arpões farpados presos a longas espirais de um cabo grosso. – Precisamos acordá-lo e irritá-lo para que nos ataque. Assim que estiver longe o suficiente e a barriga ficar exposta aos explosivos, você pode detoná-los.

O resto do plano aconteceu sem mais delongas. Um pequeno grupo do Povo da Areia se aproximou da abertura da caverna, suas formas parecendo minúsculas e vulneráveis em comparação à escuridão que os cercava.

Cobb Vanth e o Mandaloriano observavam de cima. Fora da caverna, um dos Tuskens soltou um uivo atordoante, direcionado às profundezas das catacumbas mais abaixo, seguido por um uivo de dentro da caverna como resposta. Segundos depois, o dragão irrompeu, com as mandíbulas abertas, revelando fileiras de dentes do tamanho de lápides. Os Tuskens em fuga foram capturados quase imediatamente pela boca bocejante.

De trás, Vanth soltou um grito de guerra e as balestras montadas em trípodes foram disparadas, os arpões voando para a frente e penetrando o esconderijo do dragão. As correntes se fecharam com um estalo, agarradas por equipes do Povo da Areia, erguidas da terra e arrastadas enquanto a coisa se arredava, irada.

– *Dank farrik*! – murmurou Mando. – Está voltando para dentro.

Vanth ergueu o detonador.

– Eu vou apertá-lo.

– Não, espere! Só temos uma chance. Precisamos tirá-lo de lá.

O grupo desuniforme de humanos e Povo da Areia avançou, abrindo fogo e bombardeando o dragão com projéteis, tentando fazer com que ele os perseguisse. Funcionou bem demais. A coisa investiu mais uma vez, indo atrás deles e bramindo enfurecida.

– Agora? – perguntou Vanth.

– Ainda não – disse Mando. – Ele precisa sair mais.

A besta continuou, as mandíbulas se abrindo ainda mais, expelindo uma gosma nauseante de ácido que respingou em um grupo de Tuskens, dissolvendo-os com seu veneno cáustico.

– Quase... – falou Mando. – Quase... *Agora*!

Vanth acionou o detonador. A explosão acertou o ventre da criatura, soltando uma onda elétrica imensa pelas paredes do cânion e jogando Tuskens e humanos longe. O uivo de dor e raiva fez o mundo tremer como se em um terremoto.

Quando a poeira abaixou, viram o dragão mais uma vez – duzentos metros ao todo, erguendo-se mais uma vez com outro jato de ácido.

– Ele está nos pegando como se fôssemos ratos womp! – gritou Vanth. – Vamos atrás dele!

Mando usou o propulsor a jato e o xerife fez o mesmo, os dois arremetendo contra a coisa, disparando os blasters contra o dragão – mesmo que, a essa altura, os ataques parecessem só irritá-lo.

– Isso aqui não está fazendo nem cócega nele – disse Vanth, enojado.

– Continue disparando! – Ao aterrissar, Mando olhou para um bantha carregado de explosivos. – Tenho uma ideia – disse. – Você ainda tem o detonador?

– Pode pegar – disse Vanth. – Qual é o plano?

– Você vai tomar conta da Criança – respondeu Mando.

– O que você vai fazer?

– Não sei, mas me deseje sorte.

Antes de o xerife ter tempo de responder, Mando se aproximou e bateu no propulsor a jato de Vanth, lançando-o em direção ao céu. Então, indo rumo ao bantha, Mando armou os explosivos amarrados nas laterais do animal e tomou as rédeas para que a criatura não saísse em disparada devido ao pânico.

O dragão foi para cima dele. As mandíbulas gigantes se fecharam ao redor do bantha e do Mandaloriano em um único trago, conforme a cabeça do dragão desaparecia debaixo da areia.

Não muito longe dali, Cobb Vanth caiu do céu e bateu contra o solo com um grunhido de dor, parando de rolar em uma nuvem de areia e sujeira. Ele arrancou o elmo e acalmou a respiração, olhando para o silêncio. À distância, viu a Criança de que deveria cuidar, a cabeça enrugada saindo da sacola. Mesmo de lá, o xerife percebeu que a Criança estava preocupada.

Onde estava o Mandaloriano?

Houve outro estrondo, mais alto que o anterior. Humanos e Tuskens correram para escapar quando o dragão surgiu de novo da areia com a boca aberta, e Mando saiu voando para fora dela com o propulsor a jato.

De baixo, Vanth viu que o caçador de recompensas ainda tinha o detonador na mão.

Viu o momento em que Mando apertou o botão.

Por um momento, a barriga do dragão ficou inchada com a força da explosão interna, e então seu ventre inteiro explodiu em uma erupção vulcânica de fogo e carne, jogando areia e lodo para todos os lados.

Mando pousou e virou-se para ver o que sobrara da carcaça incinerada. Ao seu redor, os moradores e os Tusken comemoravam a vitória. Eles conseguiram. Todos eles, juntos.

E, de alguma maneira, não se mataram no processo.

Mais tarde, depois que os Tuskens começaram a tirar a carne das costelas e espinha do dragão, o xerife saiu para encontrar Mando. O caçador de recompensas guardou um pacote imenso de carne de dragão na parte da frente da moto deslizadora e se preparava para partir.

— Sinto muito — disse Mando. — Eu não tinha tempo para explicar.

– Não precisa pedir desculpas. – Vanth passou a ele a armadura e o elmo. – Foi merecido.

– Foi um prazer – disse Mando, oferecendo a mão, e o outro homem a apertou.

O xerife sorriu.

– Espero que nossos caminhos se cruzem novamente.

– Digo o mesmo.

– Ah – disse Vanth –, e diga ao seu povo que não fui eu que quebrei isso. – Ele apontou com a cabeça para a armadura amassada. Atrás deles, ouviu-se um grito de celebração, e os dois se viraram para ver um Tusken erguendo uma enorme pérola brilhante retirada das entranhas do dragão. Era possível encontrar tesouros nas partes mais improváveis daquela terra árida e desoladora.

Mando subiu na moto com a Criança ao seu lado, bem segura, e ligou o motor. Seria um longo caminho até Mos Eisley e eles precisavam partir. Enquanto se virava para o pôr do sol gêmeo, não se deu conta de que era observado por uma figura no penhasco, acompanhando tudo de cima.

Após um momento, a figura cobriu sua cabeça careca com o capuz e saiu.

Haveria tempo para encontrar o Mandaloriano de novo.

Em breve.

CAPÍTULO 5

ELES NÃO FORAM MUITO LONGE.

A deslizadora de Mando estava zumbindo debaixo dos dois sóis de Tatooine, indo em direção a um cânion com a armadura de um lado e a Criança do outro quando uma corda escondida surgiu da areia entre as rochas. A corda agarrou-se à moto e jogou o Mandaloriano e a bagagem para longe. Por um momento, o mundo se dissolveu em um turbilhão borrado. A moto saiu voando, bateu duas vezes e explodiu.

Depois de acertar o chão com um grunhido, Mando girou a tempo de ver dois caçadores de recompensa esfarrapados saindo de trás das rochas, disparando contra ele. Um caçador menor juntou-se a eles.

– Pegue a Criança! – ordenou um deles.

Com o blaster em mãos, o Mandaloriano disparou contra o menor deles, acertando-o na perna, e mais dois adversários apareceram, e ainda outro, que carregava uma espada. Quantos deles haveria? Com um golpe no rosto, Mando nocauteou o que segurava um sabre e virou-se para confrontar os outros dois com uma rápida salva de socos e empurrões. Em pouco tempo o cercaram, pressionando-o contra uma pedra. De relance, Mando viu que o caçador mais baixo voltara e apontava um rifle em sua direção. Mal conseguindo pensar, Mando acionou o cabo de sua armadura e agarrou o rifle, puxando-o para si, agachando-se quando o blaster bateu contra os outros dois.

Levantando-se, viu o menor dos caçadores de pé, segurando a Criança, apertando a faca contra o peito do garoto.

– Espere! – disse Mando. – Não machuque a Criança.

O caçador não se moveu.

– Se deixar uma marca que seja nele, não haverá lugar no mundo onde você possa se esconder de mim – disse Mando em um tom calmo, razoável. – Podemos fazer um acordo. Há bastante coisa de valor nos destroços. Escolha o que quiser. Mas deixe a Criança.

O caçador olhou de relance para o que sobrou da moto deslizadora, nervoso, e voltou a olhar para Mando, apontando a faca para o propulsor a jato e depois para o solo entre eles.

– Certo. – Mando soltou o propulsor a jato e o deixou na areia. – Aqui. É seu. Pegue-o. Está tudo bem.

O caçador se aproximou, deixou a Criança no chão e pegou o propulsor a jato, fugindo logo depois. A Criança correu até Mando, e ele a pegou no colo.

– Você está bem? – perguntou Mando, e a Criança gorgolejou, concordando.

Enquanto o caçador ia embora com o novo tesouro, Mando ativou o propulsor a jato pelo controle remoto na manopla. Um instante depois, o caçador foi erguido no ar guinchando, perplexo, rodando em uma série de giros. Mando e a Criança observaram enquanto ele caía do céu com um baque distante, mas audível.

Mando pilotou o propulsor de volta ao chão até que pousasse diante deles. Então, começou a catar os destroços.

Agora precisariam voltar caminhando.

Sob os sóis escaldantes, o Mandaloriano continuou andando com a Criança na bolsa, e a armadura, o propulsor a jato e outros pacotes empilhados em um pedaço da moto que equilibrava no ombro como uma cangalha. Quando chegou aos portões de Mos Eisley, já estava escuro.

Ele encontrou Peli Motto no canto de trás da cantina, jogando sabacc com o que parecia ser uma formiga gigante.

– Não sei – ela dizia quando Mando chegou. – Parece que alguém vai voltar para casa com as mãos abanando. – Ela olhou de relance para o caçador de recompensas, não parecendo surpresa de vê-lo novamente, notando o elmo e a armadura. – Você finalmente achou outro Mandaloriano e o matou?

– Ele não era Mandaloriano – disse Mando. – Mas eu comprei a armadura de volta.

– O que precisou fazer?

– Matei o dragão krayt por ele.

Ela ergueu uma sobrancelha.

– Ah, só isso?

– Ele era minha última pista a respeito de outros Mandalorianos.

A formiga fez um barulho, algum tipo de linguagem que Mando desconhecia, mas Peli pareceu entender.

– Bom, parece que hoje é seu dia – disse ela. – O Dr. Mandíbula aqui falou que pode apresentá-lo a alguém capaz de ajudar, se pagar esta rodada. Foram as palavras dele.

– Qual é a aposta? – perguntou Mando.

– Quinhentos.

– Jogo arriscado.

– Ei – disse ela –, ele está em uma maré de sorte.

A criatura que parecia uma formiga assentiu com a cabeça, e Mando jogou o crédito na mesa.

– O valor está certo? – perguntou Peli, e virou as próprias cartas. – Rá! Mão de idiota! Pode pagar, tórax! – Ela pegou o dinheiro com um gesto vitorioso.

– Achei que você tinha dito que ele estava em uma maré de sorte – disse Mando.

Ela sacudiu a mão sem prestar atenção nele.

– Ah, pare de chorar. Você vai enferrujar assim. – Do outro lado da mesa, o Dr. Mandíbula falou com cliques, e ela traduziu. – Ele disse que o contato vai aparecer no hangar. Assim vai descobrir onde achar outros Mandalorianos. É isso que você queria, não?

– Sim.

– Mas, mais importante, você trouxe algum pedaço da carne daquele dragão? – Ela o encarou, desconfiada. – Melhor não ter nenhum verme nela. Eu não gosto de vermes.

De volta à plataforma, a Criança olhou, deliciada, enquanto os droides de Peli assavam a carne que Mando trouxera, virando o filé, até ficar perfeitamente assado, em um motor de turbina que usavam como espeto giratório improvisado.

– Ei – Peli falou, saindo do escritório –, não asse demais, Treadwell! Eu gosto malpassado. Não sou uma Rodiana, caramba. – Com as mãos nos quadris, ela se virou para Mando. – Presta atenção. Tem um esconderijo Mandaloriano por perto. É nesse setor, a um sistema daqui.

– São os que saíram de Nevarro? – perguntou Mando.

– Sei lá. Tudo que sei é que o contato vai levá-lo até eles.

– E quanto vai custar?

– Bom, essa é a notícia boa – disse Peli. – É de graça. Além do preço da indicação, é claro.

– E qual é a notícia não tão boa? – perguntou Mando.

– Nenhuma – disse ela. – Não tem nada ruim.

Mas tinha, e Mando sentiu isso antes mesmo de Peli apresentá-lo à passageira que levaria consigo – uma mulher anfíbia e tímida carregando um cilindro brilhante, cheio de ovos flutuantes. Peli explicou que a mulher estava desovando e precisava fertilizar os ovos até o equinócio ou sua linhagem morreria. O "problema da história toda", segundo Peli, é que Mando precisaria viajar em velocidade subluz por toda a jornada. Saltos no hiperespaço poderiam matar os ovos.

– Não – disse Mando. – Só fico seguro se viajo rápido.

– São circunstâncias atenuantes.

Mando olhou para a mãe com a jarra de ovos. A Criança também olhava para eles.

– Quer encontrar os outros Mandalorianos ou não?

No final, a pergunta já estava respondida. Mando não tinha escolha, e por isso acabou com uma nova passageira ao seu lado, na cabine da *Crest*, decolando do porto espacial de Mos Eisley. A Dona Sapa sentou no assento auxiliar enquanto Mando mantinha a nave em uma velocidade controlada.

– Vou precisar que fique de cinto quando estiver sentada – disse. – Viajar a subluz é um pouco arriscado hoje em dia. Seja pelo risco de piratas, seja pelos militares, alguém pode levar uma boa parte do seu dinheiro ou da sua nave.

A Dona Sapa respondeu com uma série de coaxos preocupados, seus enormes olhos pretos comunicando alguma mensagem incompreensível.

– Eu não entendo o que está falando – disse Mando. – Você fala Huttês? – E, para ter certeza, repetiu a pergunta em Huttês.

A Dona Sapa piscou. Tradução: não.

Os ovos eram laranja e gosmentos e flutuavam em um fluido azul. A Criança os encarou por um momento, mesmerizada, então colocou a mão dentro da jarra, pegou um deles e o colocou na boca.

– Não! – gritou o Mandaloriano, correndo para tirar a Criança de perto da jarra de ovos. – Isso não é comida. Não faça isso de novo.

A Criança arrotou.

– Hora de dormir – disse Mando, colocando a Criança na rede e voltando para a própria cama. O que mais faltava?

Não demorou muito para descobrir.

O alerta de segurança da nave o acordou e fez com que corresse para a cabine, onde a Dona Sapa dormia no assento auxiliar. Mando logo descobriu o motivo para o alerta. Dois caças estelares X-wing flanquearam a *Crest* e um dos pilotos o chamara pelo comunicador.

– *Razor Crest* M-Um-Onze – disse o piloto. – Responda, *Razor Crest*. Está ouvindo?

– Aqui é a *Razor Crest* – disse Mando. – Algum problema?

– Notamos que seu transponder não está emitindo.

– Sim – disse o Mandaloriano. – Sou um excedente pré-Império. Não preciso fazer sinalizações.

– Agora precisa – retrucou o piloto. – Este setor está sob a jurisdição da Nova República. Todos precisam sinalizar para identificar a nave e a afiliação da tripulação.

– Obrigado por me avisar. Já vou fazer isso.

– Sem problema – disse o piloto. – Boa viagem.

Seguiu-se o silêncio. Mando esperava que os X-wings fossem embora, mas eles permaneceram lá, um de cada lado. Será que estavam esperando algo, alguma parte do protocolo que ele tinha esquecido?

– Que a Força esteja com vocês – disse, hesitante.

– E com você também – respondeu o piloto. Outra pausa e, depois, com o mesmo tom casual: – Só mais uma coisa.

Foi então que Mando soube que havia um problema. Não sabia a natureza exata do problema, nem quanta gritaria da Dona Sapa ele precisaria ouvir, mas reconheceu que o problema estava começando.

– Sim?

– Vamos precisar que mande um ping – disse o piloto. – Estamos aqui fazendo uma varredura para encontrar resistências Imperiais.

– Eu aviso se encontrar alguma – declarou Mando.

– Ainda vou precisar que mande esse ping.

– Bom – disse Mando. – Acho que não tenho o hardware conectado.

– Podemos esperar.

Agora a Dona Sapa estava acordada, observando-o. Mando focou na coleção de instrumentos.

– Bom – disse –, não parece estar, sabe, funcionando.

– Isso é um problema – declarou o piloto. – Se não pudermos confirmar que você não é do Império, vai ter que ir conosco ao posto avançado de Adelphi. Eles vão checar seus registros.

– Ah, espera – disse Mando. – Aqui está. Estou mandando agora. – A Dona Sapa coaxou, entrando em pânico. Mando olhou para ela de relance. – Fique quieta!

– O que foi isso? – perguntou o piloto, a voz mais firme.

– Hã, nada. O hiperaspirador está... Abafando a válvula de exaustão. – A passageira coaxou mais alto, a boca aberta e os olhos arregalados de medo. Do lado de fora, Mando viu os X-wings mudando as asas de ataque para posição de combate, o que nunca era bom sinal. Quando o piloto falou novamente, o tom casual de sua voz sumira, substituído pela rigidez da autoridade.

– A sua nave esteve próxima do Transporte Correcional Bothan-Cinco da Nova República?

Mando fez uma pausa por um instante para pensar no próximo passo, e então decidiu que a nave responderia por ele. Agarrando o acelerador, dirigiu a *Razor Crest* a um mergulho poderoso para dentro da atmosfera nebulosa do planeta logo abaixo.

Foi aí que a Dona Sapa começou a gritar.

CAPÍTULO 6

MANDO PRECISAVA ENCONTRAR UMA FORMA de distraí-los. Voando baixo pela passagem da montanha nevada de Maldo Kreis, ele girou a Razor Crest, disparando contra um arco glacial. O pico gelado explodiu, cuspindo fragmentos de gelo contra os para-brisas dos X-wings. A distração permitiu que Mando saísse de vista e, momentos depois, as duas naves da Nova República passaram pelo Mandaloriano enquanto ele se acomodava na terra.

Por enquanto, tudo bem... Até a *Crest* dar uma guinada abrupta. A Dona Sapa ofegou e Mando sentiu a nave empinando, chacoalhando e derramando a carga enquanto a superfície gelada debaixo deles se desfazia. Mais gritos vindos da passageira anfíbia. Eles caíram – Mando não tinha certeza do quanto – e aterrissaram com uma colisão terrível.

O resto era escuridão.

Mando abriu os olhos um tempo depois. Estava muito frio na cabine. O canopi da nave se quebrara com o impacto, o vidro estava coberto por uma camada de gelo e, provavelmente, esse era só o começo dos danos da *Razor Crest*.

A nave parecia presa em uma caverna gelada. No assento auxiliar, a Dona Sapa estava trêmula e azul. Mando a ajudou a se levantar, ouvindo o choro assustado que não precisava de tradução.

– Eu vou encontrar os ovos – disse. – Não se preocupe. Vou pegar umas cobertas. Para que se esquente. – Ele ligou o aquecedor e desceu a rampa da área de carregamento, passando com dificuldade pelos destroços para avaliar os danos. O casco estava partido, com neve entrando e cabos pendurados, imóveis, e tudo estava coberto de geada. Mais acima, podia ouvir os lamentos aflitos da Dona Sapa.

– Aguente firme! – gritou. – Estou procurando os ovos!

Arrastando-se para o compartimento, Mando abriu a escotilha e olhou a rede da Criança, mas a Criança não estava lá.

– Aonde você foi? – perguntou Mando, e uma golada barulhenta chamou sua atenção. Virando-se, puxou uma lona e encontrou a Criança embaixo, agarrada ao cilindro e deleitando-se com um lanchinho pós-queda. – Não! – disse Mando. – Eu disse para não fazer isso! – Pegou o cilindro, contando os ovos, e ouviu a Dona Sapa mais uma vez na cabine. – Achei! – E, então, olhando para a Criança, que estava no processo de sorver outro ovo, perguntou: – Quantos você comeu?

A Criança arrotou.

A temperatura continuava a cair. Mando sentou, amontoando-se com a Criança e a Dona Sapa no porão de carga. A passageira anfíbia estava enrolada em cobertas, e Mando podia ver como o frio a afetava; o metabolismo dela não fora feito para esse tipo de clima. Ela continuava checando a temperatura dos ovos, a contagem digital diminuindo conforme as horas passavam.

Mando deu à passageira e à Criança latas de ração aquecidas, entregando a pseudorrefeição com uma dose de notícias ruins.

– Caso não tenham percebido – disse –, estamos em apuros. O propulsor principal de energia não está funcionando e o casco perdeu a integridade. – Levantou-se para pegar algumas das ferramentas de que precisaria para começar os reparos. – Suspeito que a temperatura vá cair consideravelmente quando anoitecer. É aí que vamos saber quais serão nossas perspectivas.

A Dona Sapa respondeu com um coaxo assustado. Mando sacudiu a cabeça.

– Sinto muito, moça. Eu não falo sapês. Seja lá o que for, pode esperar até amanhã. Recomendo que tente dormir. – Cruzando os braços, ele se recostou contra a antepara e fechou os olhos.

– Acorde, Mandaloriano.

Mando levantou em um pulo e pegou o blaster. A voz mecânica soava tão familiar quanto assustadora – era a voz de Zero, o droide maligno com quem lutara durante uma tentativa malfadada de fugir da prisão. O que tentou matar a Criança.

O droide o olhava da parede, a cabeça desincorporada trazida de volta à vida como se fosse parte de um pesadelo particularmente vívido.

– Isso não pode esperar até de manhã – disse Zero.

Foi aí que Mando notou que a Dona Sapa tinha conectado um microfone à cabeça do droide e agora o usava como vocabulador.

– Não fique assustado – disse ela com a voz de Zero. – Eu contornei os protocolos de segurança do droide e acessei a ferramenta de vocabulário.

– O que está fazendo? – perguntou Mando. – Esse droide era um assassino.

A Dona Sapa continuou como se não o tivesse ouvido.

– Esses ovos são a última ninhada de meu ciclo de vida. Meu marido arriscou a vida para construir uma existência para nós no único planeta que é hospitaleiro com nossa espécie. Lutamos e sofremos demais para nos resignar à extinção da linhagem da nossa família. Devo exigir que mantenha o acordo que fizemos antes de sair. – Ela fez uma pausa, e o sonzinho suave que escapou de sua garganta falou mais do que as palavras.

– Olha, moça – disse Mando. – O acordo não está mais em vigor. Teremos sorte se sairmos deste túmulo de gelo com vida.

– Pensei que honrar as promessas fazia parte do código Mandaloriano – continuou a Dona Sapa. Mesmo o vocabulador de Zero não conseguia esconder a tristeza nas palavras dela. – Suponho que isso sejam só histórias para crianças.

Mando olhou para a Criança de relance e notou que ela o encarava. Pegando as ferramentas, suspirou e olhou para a Dona Sapa.

– Isso não fazia parte do acordo – disse, e foi para o lado de fora.

CAPÍTULO 7

O VENTO UIVAVA ATRAVÉS DA CAVERNA GLACIAL. As botas de Mando quebravam a neve e o gelo enquanto ele inspecionava o dano externo da *Razor Crest*. Era ainda pior do que ele imaginara. Boa parte da camada de fora da nave fora removida, expondo a maquinaria interna. A neve estava manchada de fluido hidráulico. Só um milagre a faria voar novamente.

Ele parou e olhou para cima. Havia pouco lá além da vastidão branca, um deserto lúgubre com nada além de sombras azuis e sem indicação de como poderiam sair de lá.

Agachando-se, começou a trabalhar com as ferramentas.

Ouviu um som ininteligível atrás de si e, quando olhou por cima do ombro, viu a Criança apontando para a nave.

– Que tal você vir até aqui e me ajudar? – disse Mando. – Seja útil.

Em vez de chegar mais perto, a Criança se virou e fugiu para a neve, na direção contrária da *Crest*.

– Ei, garoto – disse Mando. – Aonde está indo? Volta aqui.

Então, parou, vendo para onde a Criança estava apontando. Diante dela havia uma série de pegadas na neve, levando para longe do casco quebrado. Mando acionou o modo de aumento do visor e encarou a assinatura de calor das pegadas, que continuavam para dentro do longo túnel de gelo.

– Quando foi que ela saiu? – perguntou.

A Criança respondeu balbuciando. Sem escolha, Mando se inclinou para pegá-la e começou a seguir as pegadas para dentro da caverna, ouvindo o som da neve sob seus pés.

E, então, algo aconteceu – um som líquido, gorgolejante, acompanhado de um aumento súbito na temperatura. Olhando para a frente, Mando viu uma câmara aberta cujas paredes gotejavam ao seu redor. Longas estalactites de gelo balançavam mais acima como dentes brilhantes.

Calor era a última coisa que ele esperava encontrar nessa caverna congelada, mas, de alguma forma, a Dona Sapa o encontrou. No centro da câmara, uma fonte de água termal exalava nuvens de vapor no ar frígido. O cilindro de ovos vazio estava na ponta da fonte, e Mando viu a Dona Sapa submersa até o queixo na água quente, cercada pelos ovos flutuantes.

– Até que enfim – disse Mando. – Você não pode sair da nave. Não é seguro aqui fora. – Deixou a Criança no chão e se ajoelhou perto da água. – Vamos pegar esses ovos.

A Dona Sapa grasnou em protesto.

– Eu sei que está quente – disse ele –, mas está anoitecendo e não posso protegê-la aqui. – Começou a pegar os ovos para colocá-los no cilindro até notar que a Criança também estava se esticando para pegar um, com intenções muito diferentes das dele, sem dúvidas. Mando apontou para ele.

– Não – disse. – Não!

A Criança choramingou e fungou e, então, viu algo ainda mais interessante na outra ponta da câmara.

Havia outros ovos lá.

Ovos maiores.

Deambulando, a Criança começou a olhar para todos aqueles ovos novos e diferentes, sentindo o cheiro do que parecia ser uma exótica refeição gelada. Ela se esticou e descascou um ovo para expor um inseto minúsculo cercado de fios e teias de gosma. Então o pegou e colocou a coisa inteira na boca, mordendo a casca externa e provando a carne macia de dentro, arrulhando ao sentir o gosto que se espalhava por seu paladar.

Enquanto mastigava, mal notou que os outros ovos à sua volta começavam a tremer e se partir.

Até ser tarde demais.

Mando ouviu a Criança gritar, ainda perto da fonte de água termal. Quando olhou para cima, viu a Criança correndo em sua direção, claramente assustada, e logo percebeu o motivo. Os ovos incrustados no chão da caverna começaram a eclodir ao mesmo tempo, expelindo dúzias e depois centenas de aranhas de gelo.

Com uma das mãos, Mando pegou a Criança e, com a outra, o cilindro de ovos. Sabia que a Dona Sapa estava olhando para o fundo da caverna, ouvindo o ribombo cada vez mais alto, e, um instante depois, surgiu uma criatura enorme com um rosnado.

A aranha de gelo que investiu contra eles era gigantesca. Sua boca escancarada exibia fileiras de dentes. E, obviamente, não estava feliz de vê-los em seu ninho.

– Vamos! – gritou Mando, gesticulando. – Vamos! Vamos! De volta para a nave!

Eles saíram correndo, com as aranhas os perseguindo, cercando--os pelas laterais curvas da caverna. Mando se virou, disparou contra as aranhas mais próximas e continuou a correr. Diante dele, a Dona Sapa ficou de quatro e começou a pular, chutando lufadas frenéticas de neve a cada salto.

De alguma forma, a aranha massiva estava acima deles, as pernas e o tórax inchado visíveis pela camada de gelo. Mando ativou um punhado de explosivos e os colocou nas paredes congeladas. A explosão fez a caverna tremer, jogando pedaços de rocha e gelo para todos os lados. No final, porém, não fez diferença.

As aranhas estavam se aproximando.

E, mais acima, viu a nave.

Mando, a Criança e a Dona Sapa se espremeram entre o casco quebrado, disparando pelo porão e subindo a rampa, o som terrível das patas das aranhas seguindo-os de perto. Mando descobriu que podia fechar apenas uma parte da escotilha – mais aranhas se empilhavam do lado de fora, entrando à força, desejosas, rastejando para dentro da cabine. Ele atirou nelas, reduzindo aglomerados inteiros das criaturas a poças de lodo fétido. Ouviu a Criança guinchar atrás dele e virou-se para ver uma aranha agarrando a cabeça do bebê.

Houve outro estrondo, e a aranha de gelo explodiu. A Dona Sapa estava com o blaster que matou a criatura.

Mando acionou o lança-chamas em seu pulso e lançou um jato de fogo no buraco por onde as aranhas tentavam entrar, carbonizando-as. Elas soltaram um grito terrível e agudo ao morrer e, enfim, as outras começaram a se retirar.

Finalmente, o Mandaloriano conseguiu fechar a escotilha.

Do lado de fora, porém, as criaturas continuavam vindo, cercando a nave como um enxame em números ainda maiores. As patas tiniam contra o vidro congelado da panorâmica acima deles. Mando pulou no assento e ligou os motores.

– Coloquem os cintos – disse. – Acho bom isso funcionar.

Do lado de fora, as coisas se acumulavam tanto que faziam uma barreira grossa, bloqueando a luz. A Criança continuava choramingando, os olhos arregalados de puro terror.

– Tenho visibilidade limitada – disse Mando. – Vai ser um trajeto difícil.

Puxou o acelerador, os propulsores chiaram com o esforço e a *Crest* começou a subir.

E, de repente, a nave caiu mais uma vez.

A aranha gigante havia subido na *Crest* e a lançara contra o chão da caverna, as pernas escanchadas sobre a parte de cima, empurrando a cabine para baixo. Pela panorâmica, Mando conseguiu ver a probóscide da coisa, a horrorosa boca sugadora cheia de dentes, os olhos pretos e famintos.

Em alguns segundos, o monstro do lado de fora conseguiria entrar, e tudo estaria acabado. Mando conseguia ouvir a Dona Sapa no assento auxiliar, os grasnidos débeis que ela soltava ao ver seus piores medos se tornando realidade. Nunca conseguiria fertilizar os ovos, e todos eles morreriam naquela caverna, tudo porque...

Fogo de blaster irrompeu abruptamente do lado de fora, uma salva de tiros castigando a criatura até ela enrijecer, tremelicar e parar de se mover, deslizando de cima da *Razor Crest*. As pernas se enroscaram ao redor da nave em um aperto de morte.

Mando olhou ao redor, sem entender o que acontecera. Ele se agachou para sair da cabine e foi até o porão, ouvindo o blaster que continuava a disparar do lado de fora. As aranhas de gelo menores já haviam se dissipado, deixando para trás teias cristalinas que seriam lindas, se não parecessem saídas de um pesadelo. À esquerda, uma aranha de gelo subiu no casco e, antes que Mando pudesse reagir, o tiro de um blaster a atingiu.

Ao sair do casco quebrado, viu quem estava disparando.

Os X-wings haviam pousado dentro da caverna. Os dois pilotos que o abordaram antes estavam em suas cabines com rifles em mãos, acabando com as últimas aranhas com calma e precisão. Mando apenas permaneceu lá, parado, com o próprio blaster ainda erguido à sua frente, absorvendo a cena improvável. Todas as outras aranhas estavam mortas ou haviam batido em retirada. Os refletores dos caças da Nova República banhavam a caverna com uma luz serena e reconfortante.

Os pilotos pararam de disparar e olharam para ele.

– Checamos a *Razor Crest* – informou um dos pilotos. – Você tem um mandado de prisão pelo sequestro do prisioneiro X-6-9-11.

Mando não disse nada.

– No entanto – continuou o piloto –, os registros de segurança de bordo mostram que você apreendeu três fugitivos prioritários do Registro de Procurados.

Lentamente, o Mandaloriano guardou o blaster.

– Os registros de segurança também mostram que arriscou a vida para proteger o Tenente Davan da Tropa Correcional da Nova República – disse o piloto. – É verdade?

– Eu vou ser preso? – perguntou Mando.

– Tecnicamente, deveria ser. Mas estes são tempos difíceis.

Mando deu um passo em direção a eles.

– O que vocês acham de eu desistir das recompensas desses três prisioneiros e vocês me ajudarem a fundir meu casco para eu poder sair dessa rocha congelada?

– O que você acha de arrumar esse transponder – respondeu o piloto – para nós não desintegrarmos essa antiguidade da próxima vez que patrulharmos a Orla?

Como se pontuassem a finalidade do assunto, os pilotos fecharam os canopis dos caças e foram embora com um jato de chamas e neve, deixando Mando parado ao lado da própria nave, com uma enorme aranha morta enrolada nela como se fosse o troféu de caça mais feio do mundo. Após um momento, ele se virou para voltar ao porão.

A Dona Sapa estava tremendo do lado de dentro, ninando o cilindro de ovos com a Criança aconchegada a ela.

– Muito bem – disse Mando. – Vou consertar a cabine o suficiente para conseguirmos nos arrastar até Trask. Não tem nada que eu possa fazer a respeito da integridade do casco principal, então vamos ter que nos acomodar na cabine. É a única coisa que consigo pressurizar.

Ele foi trabalhar com a solda, terminando de reparar a cabine danificada pelas aranhas. O resultado não foi perfeito, mas, selada a escotilha, esperou que fosse o suficiente.

– Muito bem – disse. – Reparos feitos. Vamos ver se conseguimos finalmente fazer essa coisa funcionar.

Assim que os propulsores foram acionados, a *Razor Crest* tremeu, grunhiu e, enfim, soltou-se do gelo. A tela do navicomputador pulsou com vida enquanto a nave manobrava por um buraco pouco maior do que ela mesma, raspando na borda dentada, erguendo-se das profundezas frígidas como uma criatura revivida. Momentos depois, saíram da atmosfera de Maldo Kreis e chegaram ao espaço.

– Me acorde se alguém estiver disparando contra nós – disse Mando, cansado – ou se essa porta for sugada para fora.

A Dona Sapa e a Criança olharam para ele.

– Estou brincando. Se isso acontecer, vamos todos morrer. Bons sonhos.

Mando se recostou e fechou os olhos. No assento auxiliar, Dona Sapa viu a Criança encarando o cilindro de ovos e abraçou a jarra com mais firmeza, protetora. A Criança deixou escapar um arrulho suave e, quando a anfíbia finalmente olhou para o outro lado, roubou um dos ovos em silêncio pela última vez, colocou-o na boca e engoliu.

CAPÍTULO 8

A *RAZOR CREST* ESTAVA DESPENCANDO DO CÉU.

Mando e seus dois passageiros estavam dormindo quando passaram sob a sombra de Trask, a lua atrás do gigante gasoso Kol Iben. O alerta de proximidade fez Mando acordar com um pulo e notar de imediato que estavam em apuros. O sistema de pouso da nave não estava respondendo. Sem ele, Mando teria de tentar fazer uma reentrada manual, um gesto arriscado mesmo nas melhores circunstâncias.

– Assim que passarmos pela atmosfera – disse –, deve ter combustível suficiente só para reduzir a velocidade. – Então, conforme a lua azul aparecia pela panorâmica, cada vez mais rápido, ele acrescentou: – Se não formos carbonizados primeiro.

Os alarmes piscavam na tela da nave. Os escudos de calor estavam no vermelho, as barras de combustível estavam perigosamente baixas e a panorâmica começou a ficar instável, com um laranja brilhante do calor da reentrada. Pelo vidro, Mando conseguia ver o destino deles, uma cidade portuária na costa, aproximando-se rápido demais, mas não havia nada que pudesse fazer sobre isso. A Dona Sapa pairou por cima dele, agarrando a jarra de ovos.

– Venha aqui – disse ele. – Preciso de suas mãos!

Mando apontou para os controles quando ela se aproximou.

– Essa alavanca precisa ficar para trás – disse. – Consegue fazer isso?

Ela pegou a alavanca e a segurou com toda força que tinha enquanto a nave continuava caindo. Mando ouviu a voz do controle de voo estalando no comunicador.

– *Razor Crest*, aqui quem fala é o controle de voo de Trask. Por favor, reduza a velocidade para o protocolo de pouso.

– Estou fazendo o que posso – declarou Mando. Então, falou para sua nova copilota: – Engate os propulsores reversos. Prepare-se!

Empurrando os repulsores para baixo, ele acionou os retrofoguetes da nave à máxima potência do que quer que restasse no tanque. O veículo inteiro sacolejou com o uivo tortuoso dos repulsores, mas, de alguma forma, conseguiram diminuir a velocidade da descida da *Crest*, conforme se aproximava do píer mais abaixo.

– Aqui vamos nós – disse Mando, os olhos fixos na plataforma de aterrissagem. – Bem calmamente...

De repente, sem aviso, o medidor de combustível caiu para zero. Um dos repulsores laterais da nave resfolegou uma última vez, sem energia, e a *Crest* pairou na horizontal, errando a plataforma e caindo na água.

Outro pouso perfeito.

O espaçoporto era uma mistura vívida de naves marítimas e espaciais, com carregamentos sendo transportados de lá para cá.

Redes enormes de vida aquática recém-pescada balançavam nos guindastes, prontas para serem distribuídas naquele canto da galáxia. No meio de tudo isso, a Razor Crest estava na doca, pingando água do mar depois de ser resgatada, como se fosse o peixe do dia.

– Você consegue arrumá-la? – perguntou o Mandaloriano.

– Arrumá-la? – O estivador Mon Calamari olhou para a nave surrada. – Não, mas posso fazer com que voe.

Mando deu a ele alguns créditos.

– Faça o que puder.

– Vou encher o combustível, se ainda tiver tanque.

Mando começou a andar, com o berço da Criança flutuando ao seu lado, e então olhou de relance para o porto, onde avistou um homem sapo de pé com um saco militar no ombro. Mando observou quando a Dona Sapa foi até seu companheiro e os dois correram um em direção ao outro, coaxando de felicidade. O casal olhou para o tanque de ovos com carinho, o amor que compartilhavam fazendo seus olhos brilharem.

A Criança também encarava os ovos, choramingando de leve.

– Sei que está com fome – disse Mando. – Vou conseguir algo para você comer. – Então se virou para o Senhor Sapo, que grasnava sua gratidão pela chegada segura de sua esposa e ovos. – De nada. Me disseram que você poderia me levar a outros Mandalorianos?

O Senhor Sapo coaxou e apontou para a outra ponta do cais.

– Na estalagem? – perguntou Mando. – Lá?

O Senhor Sapo assentiu.

– Obrigado – disse o Mandaloriano. Apertaram as mãos, e Mando seguiu para a estalagem, com o que quer que o aguardasse naquele lugar.

– Pode sentar ali – disse o garçom Mon Calamari quando Mando entrou no estabelecimento escuro. Ele escolheu um lugar na mesa central com forma de barril. O local estava cheio de clientes famintos, não só Mon Calamarianos, mas Quarren também, com seus rostos de cenhos pesados e longos tentáculos que caíam sobre a boca. – De que gostaria?

– Não vou querer nada – disse Mando, acenando para o berço flutuando ao seu lado, onde a Criança já olhava para o garçom ansiosamente. – Uma tigela de chowder para o meu amigo.

– Há poucas cadeiras, parceiro. Quem está sentado precisa comer.

– Eu posso comprar outra coisa. – O Mandaloriano empurrou uns flãs Calamari na mesa, oferecendo ao dono uma quantidade generosa da moeda local. – Informação. Você viu outros que se pareçam comigo?

Depois de colocar uma tigela na frente da Criança, o garçom puxou uma alavanca para estender uma mangueira grossa vinda do teto, enchendo a tigela de chowder.

– Outros já estiveram aqui usando uma armadura de beskar.

– Quem pode me levar até eles? – perguntou Mando.

– Sei de alguém que poderia ajudar. – Sem falar mais nada, o garçom foi até o outro lado do salão para falar com um marinheiro

Quarren em outra mesa. Enquanto isso, a Criança começou a sorver o chowder. Algo borbulhou na tigela e, um momento depois, uma criatura semelhante a uma lula pulou para grudar no rosto da Criança, que gritou e guinchou. Mando espetou a lula com uma faca, e a coisa caiu de novo no chowder com um respingo.

– Não brinque com a comida – disse.

O garçom voltou com o Quarren, que se sentou ao lado de Mando.

– Você procura outros de seu povo.

– Você os viu? – perguntou o Mandaloriano.

– Sim. Posso levá-lo até eles.

– Onde?

– A algumas horas daqui, navegando – disse o Quarren, sombrio. – Mas vai custar caro.

O marinheiro não estava mentindo. Quando tudo acabasse, o preço realmente seria elevado.

CAPÍTULO 9

UM TEMPO DEPOIS, estavam a bordo de um dilapidado barco pesqueiro rumo ao mar aberto, sacudindo e balançando sobre as ondas. Mando estava de pé no convés, com a Criança dentro do berço ao seu lado, observando o vasto corpo de água cinza, quando um Quarren se aproximou com um arpão de pesca sobre o ombro.

– Já viu um mamacore se alimentar? – perguntou. – É uma visão e tanto. A criança pode gostar. – Ele gesticulou em direção a uma escotilha aberta no casco do navio, revelando uma grade enorme e um contêiner para peixe cheio de água salgada. – Vamos, vamos, olhe de perto. Deixe o garoto ver.

– Tudo bem – disse Mando quando a Criança se esticou. – Já está perto o suficiente.

– Lá vamos nós – disse o marinheiro assim que a jaula se abriu, jogando uma rede cheia de isca dentro. A Criança ficou na borda do berço para olhar de perto quando bolhas começaram a aparecer na superfície. – Ela deve estar faminta. Nós costumamos alimentá-la de manhã bem cedo, mas acabamos não fazendo isso hoje porque estávamos saindo do por...

Sem aviso, o marinheiro sacudiu o arpão e jogou o berço da Criança para a frente, na direção do contêiner. Uma fera marinha gigantesca irrompeu da superfície, engolindo o berço e a Criança de uma só vez.

– Não! – disse Mando, mergulhando no contêiner. O Quarren fechou a jaula, prendendo o Mandaloriano lá dentro.

– Afogue-o! – gritou o Quarren. – O beskar é nosso! – Ele e os outros pularam para cima da jaula, enfiando arpões e espetos afiados entre as barras, mirando as mãos de Mando e forçando-o para baixo da superfície. O caçador de recompensas tossiu, arfando, quando as lâminas tentaram atingi-lo mais uma vez. – Estamos ricos, parceiro! Acabem com ele!

Mando sentiu os dedos escorregando pelas barras conforme o peso da armadura o puxava para baixo. Então, quando a água se fechava sobre ele, uma chuva de tiros de blaster sacudiu o lado de cima. Pela grade de aço, viu três Mandalorianos com propulsores a jato chegando no convés. Eles atacaram os Quarren e, embora os marinheiros fossem lutadores experientes, não levou muito tempo para os Mandalorianos acabarem com eles, jogando um ao mar e distribuindo aos outros uma série de golpes corpo a corpo que esvaziou o convés em segundos.

Um dos Mandalorianos se agachou e abriu a grade para ajudar Mando.

– Pegue minha mão.

– Tem uma criatura lá – disse Mando. – Ela pegou a Criança.

– Só um segundo – disse a segunda Mandaloriana, mergulhando enquanto o outro ajudava Mando a subir ao convés e sentar-se em uma pilha de cordas pesadas.

– A Criança – Mando conseguiu dizer. – Ajude a Criança...

– Não se preocupe, irmão. Nós vamos cuidar disso.

A jaula abaixo deles se iluminou com uma série de explosões submarinas. Segundos depois, a superfície borbulhou e a Mandaloriana que pulara na água voou para fora com o berço prateado nas mãos, caindo no convés.

– Pronto, pequenino. – Ela puxou a tampa meio amassada para revelar a Criança, e passou o garoto para Mando.

O caçador de recompensas olhou para o rosto da Criança com um suspiro aliviado. De alguma forma, o bebê escapara de tudo sem um arranhão.

– Obrigado – disse aos outros Mandalorianos. – Eu estava procurando por mais dos nossos.

A Mandaloriana diante dele acenou com a cabeça.

– Bem, tem sorte de que o encontramos primeiro.

– Minha missão é levar esta criança – disse Mando. – Estava esperando que...

Parou de falar. Os outros três estavam tirando os elmos. Mando se levantou, espantado com a facilidade com a qual eles expunham o rosto. Dois dos Mandalorianos eram mulheres: a do meio, que parecia ser a líder, tinha olhos verdes e cabelo ruivo, preso com uma bandana. Os outros dois a flanqueavam, uma mulher mais jovem e um homem de cabelo escuro, os dois olhando para Mando com olhares firmes.

– Onde vocês conseguiram essas armaduras?

A mulher diante dele falou, calmamente:

– Esta armadura está em minha família há três gerações.

– Você não cobre o rosto – disse Mando. – Você não é Mandaloriana.

– Ele é um *deles* – disse o homem.

– *Dank farrik* – praguejou a outra mulher em voz baixa.

A voz de Mando ficou mais tensa.

– Um de quem?

– Meu nome é Bo-Katan, do Clã Kryze – falou a mulher ruiva, com o mesmo ar de serenidade. – Nasci em Mandalore e lutei no Expurgo. Sou a última de minha linhagem. – Ela indicou os outros dois com a cabeça. – Estes são Koska Reeves e Axe Woves. E você é um Filho do Olho.

– Olho? – perguntou Mando sem entender.

– Filhos do Olho são uma seita de fanáticos religiosos que se afastaram da sociedade Mandaloriana. O objetivo deles era reestabelecer o antigo caminho.

– Só existe um caminho – retrucou Mando. – O Caminho de Mandalore.

Sem esperar resposta, ele se virou, acionou o propulsor a jato e disparou para longe do convés com a Criança debaixo do braço.

Estava escuro quando Mando voltou às docas, torcendo para que o estivador Mon Calamari tivesse ao menos enchido o tanque da

Razor Crest em sua ausência. Não sabia aonde deveria ir agora, mas aquele lugar não teria mais respostas para ele.

Em seus braços, a Criança tentava se desvencilhar sem parar enquanto passavam por pilhas de caixas, cordas e redes, como se pudesse sentir o futuro incerto à sua frente.

– Ei, você – alguém chamou, e um brutamontes Quarren apareceu diante de Mando com uma cara de poucos amigos. – Você matou meu irmão.

Mando parou de andar quando viu outros Quarren saindo das sombras, figuras intimidadoras e armadas.

– Deixe-me passar – disse.

O Quarren deu uma risadinha.

– Acho que não está entendendo. Você matou meu irmão... – Ele apontou um blaster para Mando e a Criança. – E agora vou matar seu bichinho de estimação.

A Criança choramingou. Havia muitos deles, e tentar lutar poderia colocar a Criança em perigo. Mando ainda estava decidindo o que faria quando ouviu o zunido de um propulsor a jato, conforme os três Mandalorianos que acabara de conhecer chegavam do céu, pousando diante dos Quarren.

– Ele não matou seu irmão – disse um deles. – Eu matei.

Os brutamontes mal conseguiram protestar. Depois de uma salva de tiros de blaster, o grupo de Quarren estava morto no chão.

Mando encarou o trio, vendo-os guardarem as armas novamente.

– Podemos ao menos convidá-lo para uma bebida? – perguntou Bo-Katan.

Mais tarde, Mando estava sentado com os três em um canto da estalagem escura, onde falavam em voz baixa.

– O porto de Trask é um mercado paralelo – disse Bo-Katan. – Eles reabastecem armas que foram compradas e vendidas depois de serem saqueadas em Mandalore. Estamos pegando as armas de volta e vamos usá-las para recuperar nosso planeta. Quando acabarmos, vamos colocar um novo Mandaloriano no trono.

– O planeta foi amaldiçoado – disse Mando. – Qualquer um que for lá vai morrer. Assim que o Império notou que não poderia controlá-lo, decidiram que ninguém mais poderia.

Bo-Katan sacudiu a cabeça.

– Não acredite em tudo que ouve. Nossos inimigos querem nos separar, mas juntos somos mais fortes.

– Isso não faz parte do meu plano – disse Mando. – Minha missão é levar esta criança de volta aos Jedi.

Jedi. Aquela palavra, após dita, parecia lançar uma sombra na conversa, um agouro que não estivera lá anteriormente.

– O que você sabe sobre os Jedi? – perguntou Bo-Katan.

– Nada – respondeu Mando. – Estava esperando que me ajudassem, pelo Código.

– Posso levá-lo a um deles – disse ela. – Mas, primeiro, precisamos que nos ajude.

CAPÍTULO 10

ANOITECIA ENQUANTO ELES ESTAVAM SENTADOS sobre a *Razor Crest*, observando as atividades do porto. À distância, um enorme cruzador Imperial estava parado no píer, seu casco parecendo imponente no céu salpicado de rosa e azul conforme os últimos raios de luz desapareciam no horizonte.

– Está vendo aquele cargueiro Imperial Gozanti? – perguntou Bo-Katan. – Está sendo carregado de armas enquanto falamos. De acordo com o manifesto do porto, vai partir à primeira hora da manhã.

– Então nos infiltramos? – perguntou Mando.

– Estamos pegando pesado com eles – disse Koska por cima do próprio ombro. Ela estava jogada no teto da *Crest*, como uma guerreira em repouso. – Eles checam formas de vida como precaução antes de decolar.

– Se quiser fazer isso com quatro pessoas – disse Mando –, vai precisar de um elemento surpresa.

Bo-Katan assentiu.

– Exatamente. O cargueiro vai manter velocidade de traineira enquanto estiver nas rotas marítimas e só então entrará em órbita.

Nós vamos decolar enquanto eles estiverem em baixa velocidade na atmosfera.

– Stormtroopers?

– Um esquadrão, no máximo – respondeu Bo-Katan.

Axe Woves sacudiu a cabeça.

– E eles não conseguiriam acertar a lateral de um bantha.

Mando ainda não estava convencido, mas não importava. Os Mandalorianos já tinham decidido e ele lutaria ao lado deles, para o bem ou para o mal.

Eles alcançaram o cargueiro ao amanhecer. Acabar com os seis primeiros stormtroopers foi ainda mais fácil do que Mando esperava. Bo-Katan, Koska e Axe despacharam os Imperiais despreparados com tanta eficiência que Mando nem notou quando um dos troopers acionou o alarme.

As portas da nave foram seladas – não que isso importasse. Axe se ajoelhou, fez ligação direta no painel e, segundos depois, eles entraram.

Mando viu mais stormtroopers respondendo ao alarme enquanto passavam pelo corredor. Ele e os outros Mandalorianos continuaram sem hesitar, eliminando-os com blasters e lâminas e avançando em direção ao objetivo. Segundos depois, surgiu uma nova onda de soldados, atirando sem parar, do outro lado do corredor. Bo-Katan acenou para os outros guerreiros, comunicando-se silenciosamente, e eles dispararam de volta com precisão, limpando a área em segundos.

Mando seguiu os outros três até o porão de carga, pisando nos corpos dos stormtroopers.

A área de carregamento da nave era um espaço cavernoso cheio de caixotes de metal com armamento Imperial do mercado paralelo, empacotado para transporte. Desde o acionamento do alarme, o oficial do convés ficou falando no comunicador, tentando descobrir o estado da violação de segurança da nave, mas não estava recebendo muita informação.

– O que está acontecendo? – exigiu ele do outro lado.

Um instante depois, o oficial de segurança respondeu:

– Os intrusos estão indo em sua direção.

– Segure-os por tempo suficiente para que possamos saltar para o hiperespaço e encontrar a frota – falou o capitão.

– Entendido – disse o oficial do convés com nervosismo. Olhando para os troopers, lutou para manter um ar de autoridade e então se virou para a escotilha diante dele, apontando o blaster para a porta. – Precisamos segurá-los até entrarmos no hiperespaço.

Os stormtroopers estavam prontos, brandindo os blasters compridos retirados dos contêineres de carga. Ninguém se moveu. Diante deles, o painel do elevador mostrava que os piratas se aproximavam; uma luz, duas, três.

A porta se abriu.

O oficial do convés começou a gritar.

Não importava. Os Mandalorianos entraram como um borrão, disparando contra os troopers, eliminando-os sem hesitação. Sem pensar, o oficial do convés virou-se para um dos troopers.

– Feche as portas! – ordenou.

– Que portas?

– Todas! *Feche as portas*!

O trooper socou o botão e as portas se fecharam atrás dos Mandalorianos. Ele apertou outro, e os portões pesados do compartimento se fecharam entre os atacantes e os troopers, prendendo os Mandalorianos na câmara de controle de carregamento. O fogo de blaster parou abruptamente. O oficial do convés expirou, trêmulo, e ligou o comunicador.

– Acho que os prendemos, senhor.

A voz do capitão voltou.

– Onde?

– Na área de controle de carregamento.

Houve uma longa pausa.

– Onde?

– Na área de controle de...

As enormes portas do compartimento se abriram, preenchendo o espaço com os uivos do vento. O oficial do convés deixou escapar um berro assustado e ele e os troopers foram sugados para fora. Alguns se agarraram em suportes ou nas paredes, mas perderam a força, um por um, derrapando no chão inclinado, puxados para fora e lançados no vazio.

Bo-Katan fechou as portas do compartimento e entrou na área de controle de carregamento, no porão principal. Ela e os outros se aproximaram dos caixotes de armas. Havia um comunicador no chão e, nele, ouvia-se a voz do oficial de segurança.

– Responda – perguntava o oficial. – Está ouvindo?

Bo se abaixou e pegou o comunicador.

– Estou ouvindo.

Houve um silêncio do outro lado da linha. Agora que a batalha estava acabada, ela e os outros dois Mandalorianos tiraram os elmos. Mando podia ver a expressão suprema de autoconfiança no rosto de todos eles.

– Obrigada por empacotar todo esse equipamento com tanto cuidado – falou Bo-Katan no microfone. – Imagine o que uma divisão inteira de nós poderia fazer com tudo que está nessas caixinhas brilhantes.

A voz do capitão soou dura, uma vez que mal conseguia controlar a própria fúria.

– Se acha que vai conseguir escapar com essas armas, está muito enganada. Mesmo se conseguir alijar algumas dessas caixas, vamos varrer a área inteira até caçá-los e matá-los.

– Ah, não vamos alijar nada – disse Bo-Katan. – Vamos tomar a nave inteira.

Mando olhou para ela.

– Quê?

– Prepare um chá – disse ela ao capitão. – Estaremos aí em um minuto.

Mando ainda a encarava.

– Isso é mais do que concordei fazer.

– Existe algo de que preciso para governar Mandalore – disse Bo-Katan. – Algo que uma vez foi meu. Eles sabem onde está e, logo mais, eu também saberei. – A voz dela era rígida e não abria espaço para discussões. – De qualquer forma, vamos tomar a nave para as próximas batalhas.

Ouvindo tudo isso, Mando pensou na Criança. Antes de atacar o cargueiro, ele deixou a Criança com a Dona Sapa e seu marido e disse que voltaria rápido. Agora ele se perguntava quando a veria novamente.

– Eu consegui suas armas de volta – disse ele a Bo-Katan. – Preciso voltar à *minha* nave com o pequeno.

Bo-Katan estava resoluta.

– Se quer minha ajuda para encontrar um Jedi – disse ela –, vai me ajudar a tomar esta nave.

– Você está mudando os termos do acordo.

Os olhos da Mandaloriana relampejaram conforme ela repetiu o mantra dele com evidente sarcasmo.

– Este é o Caminho.

Sem esperar resposta, ela e os outros colocaram os elmos novamente e foram para a porta, deixando Mando lá.

Após um momento, ele os seguiu.

Na ponte de comando da nave, o capitão, o oficial de segurança e outros membros da tripulação estavam diante de um holograma de Moff Gideon que pairava sobre o painel de controle. O rosto do Moff estava inexpressivo conforme eles contavam as notícias.

– O que foi, Capitão? – perguntou Gideon.

– Outro ataque pirata – respondeu o capitão.

– Conseguiu eliminá-los?

– Não – disse o capitão, tentando estabilizar a própria voz. A esse ponto, não adiantava inventar desculpas. – Precisamos de reforços imediatamente.

– São os mesmos "piratas" que atacaram nossas outras naves? – perguntou Gideon.

– Parecem ser – disse o capitão, engolindo em seco. Depois, acrescentou: – Senhor.

– Até onde chegaram?

– Eles invadiram o porão de carga e conseguiram tomar tudo, menos a ponte. Precisamos de reforços imediatos.

Moff Gideon considerou a situação por um brevíssimo instante.

– Se tomaram tantas partes da nave – disse ele –, sinto dizer que isso não é mais uma opção. – Ele olhou nos olhos do capitão. – Você sabe o que fazer.

O holograma sumiu. O oficial de segurança se virou para o tripulante sentado ao seu lado, os dois homens trocando olhares enquanto o capitão pegava o blaster e atirava nos dois. Os corpos caíram para a frente.

– Vida longa ao Império.

Os Mandalorianos passavam pelos corredores vazios quando o cargueiro começou a sacudir e guinar para baixo de repente, os motores uivando no maquinário de energia. Mando logo entendeu o que estava acontecendo e ouviu a confirmação no grito de Bo-Katan:

– Estão derrubando a nave – disse ela. – Vamos!

Eles começaram a correr em direção à ponte. Na esquina do corredor, Mando viu guardas do lado de fora da porta virando para disparar contra eles, forçando os Mandalorianos para trás.

– Quantos troopers? – perguntou Bo-Katan.

Axe Woves espiou pela parede.

– De seis a dez. Dois com blasters de repetição pesada.

A nave continuava a cair e eles começavam a se desequilibrar, dificultando mirar nos inimigos com precisão. Mando e os outros se agarraram aos corrimãos para não deslizar pelo chão. Koska olhou para a tela.

– Estamos perdendo altitude rapidamente.

– Precisamos continuar agora – disse Bo-Katan.

Uma salva de tiros de blaster veio na direção deles, batendo contra as paredes.

– Eles têm muito armamento! – gritou Axe. – Não temos para onde ir!

– Ainda caindo – informou Koska. – Dez mil.

– Nunca vamos chegar na ponte a tempo – disse Axe.

– Nove mil – disse Koska. – Oito mil. Sete...

Mando deu um passo à frente, pegando os dois últimos explosivos e acionando-os.

– Me deem cobertura – disse.

Ele apareceu diante dos inimigos. Uma série imediata de disparos de blaster atingiu o beskar, martelando a armadura e jogando-o para trás, mas ele se forçou a continuar em direção à porta da ponte com uma bomba em cada mão. Os troopers continuaram disparando mesmo quando Mando jogou os explosivos contra eles. Um instante depois, um fogaréu consumiu a área perto da ponte. Quando a fumaça se dispersou, os outros Mandalorianos correram para ajudá--lo e entraram na ponte.

O capitão estava sentado de costas para eles, agarrado aos controles, focado apenas em sua missão. Bo-Katan e os outros o puxaram do assento e Mando e Koska assumiram os controles, tirando a nave do mergulho.

Não ia funcionar. O cargueiro era muito grande e estava rápido demais. A nave inteira sacudia violentamente, cada parafuso rangendo com a rotação que Mando a forçava a fazer. O oceano se aproximava com rapidez, a superfície enrugada espalhando-se em uma eternidade cinzenta, pronta para consumi-los.

Ele apanhou os controles, puxando-os ainda mais.

Então, finalmente, no último segundo possível, sentiu a nave estabilizar. Passou logo acima de uma nave de pesca e girou para cima, em direção ao céu. O alívio expeliu o ar de seus pulmões e, atrás, viu Bo-Katan empurrar o capitão contra a parede com a lâmina de sua manopla apontada para o rosto do homem.

– Onde está? – exigiu ela.

O capitão a encarou, pálido.

– Onde está o quê?

– O Sabre Negro. Ele o tem?

– Se você está perguntando – disse o capitão –, é porque já sabe a resposta.

– Vou deixá-lo viver – disse ela –, mas você deverá me levar até ele.

A expressão do capitão não mudou.

– Você pode me deixar viver, mas ele não deixará.

– Não!

Mas era tarde demais. Sem hesitar, o capitão apertou as mandíbulas, mordendo um implante elétrico em um dente do fundo. O choque de alta voltagem pulsou em seu rosto, os olhos virando para trás conforme ele caía no chão.

Bo-Katan abaixou a lâmina e se virou, furiosa, mas Koska já estava pensando no que viria a seguir.

– Precisamos ir embora – declarou. – Ele mandou um pedido de socorro.

– Libere a atmosfera e prepare-se para o salto – disse Bo-Katan, e olhou para Mando de relance. – Tem certeza de que não quer vir conosco?

– Tem algo que preciso fazer – respondeu Mando.

– A oferta continuará de pé, se mudar de ideia.

Mando olhou para ela com atenção.

– Onde posso encontrar o Jedi?

– Leve o pequeno para a cidade de Calodan, no planeta florestal Corvus – disse. – Lá, vai encontrar Ahsoka Tano. Diga a ela que foi enviado por Bo-Katan. – O tom dela ficou mais suave. – E obrigada. Sua bravura não será esquecida. – Dessa vez, ela falou as palavras do Código com sinceridade e calidez genuínas. – Este é o Caminho.

– Este é o Caminho – repetiu Mando, virando-se para sair.

Quando retornou, os ovos da Dona Sapa já tinham eclodido. Mando encontrou a Criança com os pais sapo, ao redor de uma tigela, onde um girino de duas patas rastejava para a superfície. A Criança estava fascinada com o recém-nascido.

– Obrigado por cuidar dele – Mando agradeceu aos sapos e virou-se para a Criança para pegá-la no colo. – Tudo bem, garoto. Venha. Vamos lá.

O bebê se agitou em seu colo, tentando sair, e Mando olhou para os pais.

– Parabéns – disse. Andando com a Criança ainda protestando debaixo do braço dele, Mando sacudiu a cabeça. – Não. Eu já tenho bichos de estimação suficientes.

De volta ao píer, o Mandaloriano observou a *Razor Crest* supostamente reparada. A nave estava uma bagunça, remendada com uma mistura de metal fundido, cordas e grampos de mangueira. Ele olhou para o estivador Mon Calamari.

– Paguei mil créditos – disse. – Isso foi o melhor que conseguiu fazer?

O estivador deu de ombros e passou o recibo para Mando, que aprovou e entrou com a Criança.

Dentro, redes e cordas haviam sido usadas para vários tipos de reparos improvisados. Com um suspiro, Mando pegou os controles e ativou os propulsores principais, sentindo-os tremer quando a nave decolou.

– Mon Calamari – murmurou. – Inacreditável.

Para completar a experiência, uma criatura marinha saiu de trás de um painel solto; era algum tipo de parasita com vários membros e ventosas nas patas que o faziam grudar à parede, indo com ímpeto em direção à Criança. No último segundo, Mando pegou a coisa e a jogou para o lado. A Criança deu risadinhas, deliciada.

– Eu finalmente sei para onde levá-lo – disse Mando –, mas a viagem será dura.

Ele pressionou um botão e a nave guinou com violência, deixando a lua para trás enquanto se preparavam para saltar para o hiperespaço. "Dura" era um eufemismo, mas tinham uma longa viagem pela frente.

Pouco depois, a *Razor Crest* navegava com dificuldade pelo espaço, os motores enguiçando conforme os reparos baratos do Mon Calamari começavam a se desfazer bem à sua frente. No porão de carga, o Mandaloriano olhou para um duto escuro em uma parede aberta, onde parte do painel fora removido. Dentro, no fim do tubo de acesso, a Criança estava sobre um painel de circuito parcialmente desmanchado, com fios expostos.

– Vamos lá – disse Mando. – Vamos tentar mais uma vez. Você pegou o fio?

A Criança, visivelmente confusa, olhou para os fios em suas mãos, a testa enrugada.

– Agora – disse Mando – você vai conectar o fio vermelho onde o fio azul está no painel. Coloque o fio vermelho onde o fio azul está, mas eles não podem se tocar.

A Criança o olhou, hesitante.

– Está vendo de onde você tirou o fio azul? – perguntou Mando com paciência. – Sim. Agora coloque o fio vermelho... Não, não coloque o fio azul de novo. Coloque o vermelho onde o azul estava, e o azul onde o vermelho estava. Mas tome cuidado. Eles têm voltagens opostas, então precisam estar longe um do outro. Precisa mantê-los longe... Não, longe...

Tarde demais. A Criança juntou os dois fios. Ouviu-se um estalo audível de corrente elétrica e uma nuvem de fumaça flutuou dos cabelos chamuscados da Criança.

– Tudo bem?

A Criança olhou para ele e piscou.

– Bom – disse Mando. – Valia a pena tentar.

Mais tarde, enquanto tomavam um ensopado em suas respectivas tigelas, o Mandaloriano refletiu sobre a situação.

– Não tem como chegarmos a Corvus dessa maneira. Sabe, acho que precisamos visitar alguns amigos para reparar isto aqui. Gostaria de voltar para Nevarro?

A Criança arrulhou e sorriu.

CAPÍTULO 11

OS LADRÕES NÃO FAZIAM A MÍNIMA ideia de qual era o propósito original da antecâmara, e também não se importavam muito com isso. Todos os móveis e instalações quebrados que um dia fizeram parte da oficina de trabalho da Armeira Mandaloriana eram só outro lugar para guardar os sacos de créditos da Nova República que eles tinham roubado.

Esses ladrões em particular eram Aqualish, criaturas humanoides peludas com presas e enormes olhos pretos. Ao redor deles, as pilhagens amontoadas formavam a paisagem de uma cidade de tesouros em miniatura. No momento, porém, tinham coisas mais importantes para discutir, como o destino do suricate de lava que um deles pegara pelo pescoço, tirando-o da jaula para jogá-lo na tábua de cortar, pronto para decepar a cabeça da pobre criatura e levá-la para a panela.

– Olá, amiguinho – falou um dos ladrões, erguendo um cutelo horroroso enquanto o suricate soltava seu último ganido. Os olhos redondos e pretos do Aqualish pareciam se arregalar, antecipando o que viria a seguir. – Você vai ser delicioso.

Ele estava prestes a descer a lâmina quando um barulho no fim do túnel fez todos eles congelarem e levantarem a cabeça.

– Alguém está aqui – disse outro dos ladrões. – Veja o que foi isso.

Todos apontaram os blasters para a porta, e o Aqualish mais à frente deu um passo adiante, ouvindo com precaução – quando um borrão de movimentos o atingiu das sombras, tonteando-o e jogando-o contra a parede.

Cara Dune tinha chegado.

A *xerife* Cara Dune.

Os ladrões dispararam contra ela, mas Cara reagiu antes. Usando o primeiro Aqualish como escudo, adentrou a antecâmara, golpeando-os conforme passava. Lançou uma lâmina contra o criminoso do outro lado da sala, prendendo-o contra a parede, e pegou a careca do Aqualish mais próximo, empurrando a cara dele contra a mesa antes de despachar o outro, usando uma garrafa quebrada de spotchka. Quando outro Aqualish pulou atrás dela, Cara enfiou o cotovelo no rosto dele, sem nem olhar para trás. Enquanto o último ladrão tentava desesperadamente atacá-la, ela pegou o próprio blaster e disparou.

Em poucos momentos, a fumaça se dissipou e a luta havia terminado. Pegando um dos sacos, Cara começou a enchê-lo do material roubado, que seria devolvido aos respectivos donos, e ouviu um som suave atrás dela.

O suricate subiu em seu ombro, tagarelando o que parecia ser gratidão para sua salvadora.

– Ei – disse Cara. – Tudo bem, garoto, tudo bem. Ninguém vai comer você hoje. – A criatura se enroscou em Cara mesmo quando ela o tirou do ombro para colocá-lo na mesa. – Vamos. Você está livre. Cai fora.

A criatura se ergueu nas patas de trás, levantou a cabeça e olhou para ela amorosamente.

– Certo – disse. – Olha, toma isso. – Abriu uma pequena bolsa de comida. – É tudo que tenho.

A criatura começou a comer, Cara jogou o saco de créditos por cima do ombro e foi embora.

Mando viu os rostos divertidos de seus velhos amigos, Cara e Greef Karga, conforme se aproximavam de sua nave estropiada. O caçador de recompensas saiu da prancha de embarque e parou; a rampa sequer chegava ao chão.

– Parece que alguém precisa de um conserto – falou Greef.

Mando pulou para fora e caminhou até o magistrado, segurando a mão do homem para cumprimentá-lo.

– Como está meu crédito por aqui?

– Acho que pode ser arranjado. – Greef olhou para Cara. – Não é, xerife?

Cara sorriu para a Criança, nos braços de Mando.

– Tenho certeza de que podemos dar um jeito.

– Vou pedir para os meus melhores empregados. – Greef fez um gesto para os trabalhadores da área de carregamento. – Ei, rapazes. Vamos consertar a nave deste homem. Quero que fique como nova. – Então, com um sorriso largo, virou-se para a Criança, segurando-a no colo. – E você, venha aqui, pequenino! Mando cuidou bem de você? Você cuidou bem *dele*?

Ainda sorrindo, Greef levou a Criança para longe dali, deixando Mando e Cara irem até a cidade. Enquanto caminhavam pelas ruas de Nevarro, o Mandaloriano não conseguia acreditar como tudo tinha mudado. As lojas e bodegas estavam abertas, recém-pintadas e reformadas, e famílias passeavam sem medo da criminalidade dominante de que ele se lembrava da última vez em que estivera lá. A cidade parecia florescer.

– Parece que vocês dois andaram ocupados – disse Mando.

– Eu mesmo estou inundado de trabalho burocrático – declarou Greef com pesar. – Quem limpou a cidade foi a xerife Dune.

Enquanto passavam pela praça da cidade, Mando olhou de relance para a estátua de IG-11, erguida em homenagem ao sacrifício heroico do droide. Pararam diante do estabelecimento no qual ele e os outros enfrentaram Moff Gideon em sua última viagem.

– Estou surpreso que este lugar continue de pé.

Cara sorriu.

– Espere até ver o lado de dentro.

Ao entrar, Mando não conseguia acreditar no que via. O bar fora transformado em uma escola. Havia crianças sentadas atrás de fileiras de mesas, olhando para o droide de protocolo diante delas, que apontava para modelos flutuantes de planetas em um tablet enorme.

– As coisas mudaram bastante por aqui – disse Cara.

Greef levou a Criança para uma mesa vazia.

– Vamos deixar o pequenino aqui enquanto falamos sobre negócios.

– Espere. – Mando deu um passo à frente. – Ele vai aonde eu for.

– Mando, por favor – disse o magistrado. – Você não quer levar uma criança para onde vamos. Acredite em mim.

Greef acomodou a Criança em um assento na outra ponta da sala de aula, e os três saíram de lá. As outras crianças se viraram para ver o recém-chegado, murmurando e se inclinando para olhá-lo mais de perto. A Criança encarava com interesse um estudante próximo que tinha um pacote pequeno de biscoitos azuis. Ele esticou a mão, esperançoso, mas o menino sacudiu a cabeça.

– Não! – sussurrou ele, e voltou a atenção para o professor. Depois de um momento, a Criança esticou a mão novamente, mais focada do que nunca nos biscoitos.

Quando o garoto olhou para baixo, o pacote inteiro de doces havia desaparecido. Ele se virou para a Criança, que mastigava alegremente, os lábios manchados de azul.

O Mythrol sentado no escritório de Greef Karga reconheceu Mando de imediato, exalando uma nuvem de medo pelos poros.

– Acredito que vocês já se conhecem – disse o magistrado, seco.

– Estou surpreso de vê-lo aqui – disse Mando ao antigo caçador de recompensas.

O Mythrol engoliu em seco.

– Digo o mesmo.

– O Mythrol aqui cuidou de meus livros-caixa desde que era um girino – disse Greef –, mas um dia resolveu desaparecer depois de uma "contabilidade criativa". Não é mesmo?

– O Magistrado Karga foi muito generoso ao me deixar trabalhar para pagar minha dívida – falou o Mythrol, olhando de relance para Greef com um sorriso desesperado. – Obrigado, aliás.

– Trezentos e cinquenta anos – disse Greef. – Mas quem é que está contando?

Cara entrou, pronta para acabar com as cordialidades.

– Podemos falar sobre coisas sérias?

– Estou aqui apenas para consertar a nave – respondeu Mando.

– O que vai demorar um pouco – observou Greef. – O que significa que vai ter um tempo livre até lá, não? E nós precisamos de sua ajuda.

– Que tipo de ajuda? – perguntou Mando.

O Magistrado pressionou um botão, ativando a tela diante deles com um mapa holográfico do planeta.

– Isso é Nevarro – disse Cara, apontando para o holograma. – Nós estamos aqui. Esta área é a zona verde. Mas aqui... – ela indicou uma região distante no mapa – fica o problema.

Antes de Mando perguntar, Greef Karga já estava respondendo à pergunta por ele.

– É uma antiga base Imperial.

Ele descreveu o resto com bastante simplicidade, usando o esquema de forma ilustrativa. A base altamente fortificada estava acima de um cânion de lava. Mando conseguia ver os torreões acima de um enorme portão de compartimento que dava para o cânion.

– Todas aquelas tropas vieram daqui quando enfrentamos Moff Gideon – disse Cara. – Essa base esteve aqui desde a expansão Imperial. Resta só um punhado do contingente, mas, por algum motivo, ainda não foi abandonada.

– Há muito armamento pesado nesse local que o mercado paralelo adoraria desmanchar e tomar – acrescentou Greef.

– E vocês querem eliminar o resto da força Imperial antes de eles chegarem lá – concluiu Mando.

– Mando – disse o magistrado. – Eu só quero que eles saiam do meu planeta.

O Mandaloriano ainda estudava o holograma, a base e as fortificações, imaginando todos os desafios e riscos do que eles estavam propondo. Seria perigoso; não havia como contornar isso. A essa altura, porém, Mando supunha que eles já contavam com sua participação.

– Tudo bem – disse. – Vamos.

CAPÍTULO 12

A PAISAGEM ERA DESOLADORA, aparentemente desprovida de qualquer forma de vida, conforme eles passavam pelas terras do cânion. O Mythrol estava controlando o deslizador, parecendo absolutamente miserável por ter sido arrastado para a missão. Cara estava sentada ao lado, armada, e Mando e Greef Karga seguiam atrás.

– O local inteiro é mantido por um reator. – Cara aumentou a voz para ser ouvida acima da ventania. – Nós entramos, sobreaquecemos o reator e vamos embora.

– Precisamos ser rápidos – disse Mando. – E manter o deslizador ligado.

O Mythrol pareceu ainda mais perturbado quando chegaram perto da construção que assomava sobre o cânion.

– Onde querem que eu deixe vocês?

– Pode ser na porta de entrada? – sugeriu Greef.

– É perto demais para um civil, não?

– Você tem duas escolhas – disse Greef. – Você nos leva e eu tiro cem anos de sua dívida...

– Ou?

– Ou eu o deixo aqui nas planícies de lava e você volta andando com o que sobrar da umidade de sua roupa – disse o magistrado.

O Mythrol suspirou, deprimido.

– Não tenho muita escolha, tenho?

Ele chegou mais perto, finalmente alcançando a dura escotilha de segurança, parando o deslizador para Mando e os outros saírem. A porta era uma chapa reta e quadrada, de um metal que parecia imponente, escondido sob a sombra da plataforma de lançamento da base, cem metros acima. Mando tentou acessar o painel de segurança, mas não adiantou.

– Os controles estão inutilizados – informou. – Eles derreteram.

– Provavelmente não foram feitos para lava – disse Greef.

Cara sacudiu a cabeça, enojada.

– Lixo Imperial.

Mando olhou para a plataforma de lançamento acima.

– Se segurem – disse. Ativando o propulsor a jato, ele disparou em direção à parede do cânion, deixando os outros lá embaixo. Um momento depois, ouviram um grito e o corpo de um stormtrooper caiu no chão diante deles.

Então, o elevador se abriu. Greef e Cara entraram, e o magistrado olhou para o Mythrol.

– Vai entrar ou não?

– Prefiro esperar aqui fora – disse o Mythrol –, mas obrigado.

Cara olhou de relance para o cânion.

– Bem, grite quando vier a onda de lava. Nós vamos jogar uma corda para você subir.

O Mythrol piscou, reconsiderou a situação, e os seguiu.

Quando as portas do elevador se abriram no último andar da base, a primeira coisa que Greef, Cara e o Mythrol viram foram os corpos de stormtroopers jogados no chão. Mando os esperava lá.

– Base vazia, hein? – perguntou.

Juntos, olharam o penhasco dos dois lados da base e as montanhas que os cercavam. Greef já estava planejando o próximo passo.

– O reator deve estar no duto de calor – disse. – Se secarmos as linhas de resfriamento, a base inteira vai explodir em minutos.

– Olhem – disse o Mythrol, apontando para um veículo armado próximo. – Um Saqueador Trexler, e está como novo. Sabem quanto poderíamos conseguir por ele no mercado paralelo?

– E vai ser vaporizado junto com o resto da base – retrucou Mando. – Vamos embora daqui.

Eles caminharam para longe do Saqueador, e o Mythrol pareceu genuinamente triste de deixá-lo para trás.

Dentro da base, o monitor da doca de transportes desligou de repente.

O oficial Imperial passou um instante piscando diante da tela, antes de ativar o comunicador.

– Doca de transportes, aqui quem fala é o comando. A tela de segurança acabou de desligar. Pode checar o terminal de retransmissão? – Ele pausou, esperando uma resposta. – Doca de transportes? Aqui...

Um braço agarrou a garganta dele por trás, tirando-o do assento, e Cara Dune apagou o oficial com uma chave de braço. Mando foi para o painel enquanto Greef pegava a chave de segurança do oficial caído.

– Isso vai ser útil depois.

– Achei o duto de calor – disse Mando. – Vamos lá.

Eles continuaram pelo corredor, movendo-se com precaução e evitando troopers por onde passavam. Ao dar a volta na esquina, o Mandaloriano apontou para a porta que levava ao reator.

– Ali, Mythrol. Aquela porta.

– Use o cilindro de código – disse Greef, passando a ele a chave de acesso.

O Mythrol a inseriu na porta de segurança e, um instante depois, os portões se abriram para revelar um enorme duto de calor. Um pórtico cercava o enorme tubo de lava. Mais abaixo, lava borbulhava, laranja e vermelha, e carbono cobria todas as superfícies expostas, exalando um cheiro sulfuroso no ar, como se vazasse do subterrâneo.

– Uau – disse o Mythrol, olhando para baixo.

– Uau, sim. – Greef apontou para a plataforma estreita diante deles que guardava a placa mecânica do reator. – É aqui. Vá até o controle do reator. Drene as linhas de resfriamento. Nós vamos vigiar as portas.

O Mythrol estava incrédulo.

– Eu?

– Sim, você.

– Eu tenho medo de altura. E de calor. E de lava...

– E se eu te colocar de volta em carbonita? – rebateu Greef. – Vai lá!

O Mythrol deu um passo, cambaleando perigosamente na plataforma, agarrando o console como se sua vida dependesse disso.

– Não tem corrimãos...

– Vamos! – disse Greef. – Rápido, rápido!

Tremendo, o Mythrol atravessou a passarela até alcançar o painel de controle. Ao chegar, conseguiu se acalmar o suficiente para digitar uma série de comandos, e a tela do módulo mostrou um diagrama de encanamentos refrigerantes, acompanhados de um inconfundível pico no calor do reator. A tela inteira ficou vermelha. Os alarmes da base começaram a guinchar.

– Certo – disse o Mythrol, escapulindo para encontrar os outros. – Isso vai explodir. Vamos sair daqui!

Eles se abaixaram para passar pela escotilha e voltar ao corredor, correndo e evitando um pelotão de troopers enquanto entravam no que Mando reconheceu como um laboratório de pesquisa. Dos dois lados do espaço escuro havia fileiras de tanques brilhantes cheios de fluido.

Mas não era apenas fluido.

Dentro dos tanques havia figuras estranhas. Mando viu que eram humanoides, grotescos e desfigurados. As coisas tinham rosto, cujas expressões estavam contorcidas em formas terríveis.

– O que...? – começou Greef.

Cara franziu o cenho.

– Achei que você tinha dito que isso era só uma base de operações.

– Achei que era – respondeu o magistrado.

– Não – disse ela. – Isto não é uma operação militar. Isto é um laboratório. Precisamos nos infiltrar no sistema e entender o que está acontecendo.

– E o reator? – perguntou o Mythrol.

Cara apontou para a estação mais próxima.

– Vai!

O Mythrol se apressou, olhando os controles e ativando uma gravação. Um holograma apareceu diante deles, e Mando reconheceu de imediato o locutor como o Dr. Pershing, o cientista de óculos que serviu o Império e Moff Gideon no que parecia ser muito tempo atrás.

– ...replicando os resultados de testes subsequentes – dizia Pershing –, o que também levou a resultados catastróficos. Por uma quinzena, víamos efeitos promissores, mas, infelizmente, o corpo rejeitava o sangue. – A voz dele era tétrica. – Infelizmente, exaurimos nosso estoque inicial de sangue. A Criança é pequena, então eu só conseguia tirar quantidades pequenas sem matá-la. Se esses experimentos continuarem, como requisitado, vamos solicitar acesso ao doador novamente. – Ele fez uma pausa e inspirou, determinado. – Não vou desapontá-lo novamente, Moff Gideon.

Mando olhou do holograma para Greef e Cara.

– Deve ser uma transmissão antiga – disse. – Moff Gideon está morto.

– Não – retrucou o Mythrol. – A gravação foi feita três dias atrás.

Mando foi tomado por uma onda de preocupação.

– Se Gideon está vivo...

– Espere aí! – disse alguém atrás deles. Um instante depois, uma salva de tiros de blaster irrompeu na sala. Cara girou e disparou de volta, seguida de Mando e Greef.

– Preciso pegar a Criança – disse Mando.

– Volte de jato – retrucou Cara. – Você vai mais rápido assim.

Mando assentiu e correu pelo corredor. O caminho o levou de volta para o duto de calor, que já chegava à massa crítica quando ele disparou em direção ao céu para retornar à cidade.

Ele só esperava que não fosse tarde demais.

Conforme voltavam à plataforma de transportes, Cara, Greef e o Mythrol foram cercados por troopers. Reforços Imperiais chegavam em deslizadores pelo corredor de trás, encurralando-os.

– Estamos encurralados! – disse o Mythrol.

– É mesmo? – Cara encarou o Saqueador, o flanco massivo e armado meio escondido sob a lona que o cobria. – Me deem cobertura!

– O que ela acha que está fazendo? – perguntou o Mythrol.

Cara pulou atrás do painel de controle do Saqueador.

– Muito bem, garota – disse ela. – Vamos ver do que você é capaz.

Ligando o veículo, Cara passou pela plataforma para chegar até Greef e o Mythrol, parando ao lado deles e abrindo a portinhola traseira.

– O que vocês estão esperando, um convite oficial? Vamos!

Greef continuou atirando contra as tropas Imperiais.

– Corra! Corra, corra, corra! – disse ele.

O Mythrol disparou para dentro do veículo, e o magistrado o seguiu, abaixando-se lá dentro. Cara acelerou em direção ao túnel que levava à base, mas, quando estavam quase chegando ao fim, o portão pesado se fechou diante deles, bloqueando o caminho.

Sem hesitar, Cara virou o veículo. Agora estavam frente a frente com os troopers, atirando contra eles diretamente e, além disso, nada além da gravidade os aguardava do outro lado da plataforma de lançamento.

O Mythrol se inclinou para a frente, entrando em pânico.

– Você não pode estar seriamente pensando em...

– Segurem-se! – disse Cara, apertando o acelerador a toda potência. O Saqueador desembestou para a frente e passou voando por cima da borda. Pelo que pareceu um longo e interminável tempo, o veículo estava em velocidade terminal.

Então, bateu contra o chão do cânion, destruindo o deslizador que os aguardava lá e soltando faíscas.

– Espera – disse o Mythrol, olhando para os lados. – Esse era o meu deslizador?

Cara não se incomodou em responder. Eles voavam entre pináculos e afloramentos rochosos e, em alguns segundos, ela notou que não estavam sozinhos. Um aglomerado de deslizadores Imperiais os seguiu até a borda e juntou-se à caçada, prestes a alcançá-los. Ela apertou o acelerador ainda mais fundo.

– Operem as armas!

Greef Karga acenou, contente por poder ajudar.

– Entendido.

Ele foi até a torre de tiro, ativando o armamento sofisticado do Saqueador. A tela de alvo vermelha à sua frente mostrou um dos deslizadores, e Greef soltou uma série de tiros, explodindo-o.

– Menos um!

Foi um bom começo, mas as coisas ficaram mais complicadas quase imediatamente. Os dois outros deslizadores Imperiais se separaram e aceleraram muito, flanqueando o Saqueador, fora da mira dos canhões do veículo. À esquerda, Cara viu a outra moto se aproximando. Ela desviou bruscamente, prensando o deslizador e seu motorista contra a parede do cânion em uma explosão de chamas laranja.

Greef Karga franziu o cenho.

– Onde está o terceiro?

Então, viu o trooper na tela, de pé sobre o Saqueador e com uma granada na mão. Greef girou os canhões, focando na figura em sua mira, e deu uma risadinha ao atirar.

Momentos depois, houve uma explosão massiva quando o reator da base chegou ao seu limite e detonou em uma bola de fogo espetacular que fez o chão todo tremer e preencheu o horizonte atrás deles.

– Sim! – disse o Mythrol. – Conseguimos!

Cara sorriu.

– Vamos voltar para casa, chefe.

De repente, disparos de laser em direção a eles. Quando olharam para cima, viram caças TIE se aproximando.

– Acho que falei cedo demais – disse o Mythrol.

– Desvie! – gritou Greef. – Eu cuido disso.

Cara continuou enquanto ele cuidava dos alvos terrestre-contra-celeste da tela e começava a mirar contra os caças TIE. Um instante depois, o veículo balançou para o lado com o impacto de um ataque direto.

– O que está acontecendo aí atrás? – gritou Cara.

– Quer vir aqui e fazer isso? – perguntou Greef. – Fique à vontade!

O cânion se abriu, mostrando as planícies de lava, e os três caças foram para baixo, em posição de ataque. Atrás do agrupamento de armas, Greef sentiu o estômago pesar com a sensação de que tudo daria errado. Não havia onde se esconder e era só questão de tempo até os TIEs detonarem o Saqueador.

– Estamos quase lá! – berrou o Mythrol, mas não importava o quão próximos estivessem dos portões da cidade se os TIEs acabassem com eles primeiro.

VRUUM! O caça atrás deles irrompeu em uma explosão de chamas e estilhaços. Cara, Greef e o Mythrol olharam ao redor para ver a nave planando perto deles.

– Isso! – exclamou Greef, eufórico, quando chegaram à entrada da cidade. – Isso!

A *Razor Crest* estava de volta.

– Segura firme, garoto – disse o Mandaloriano. Em seguida, fez uma série de manobras giratórias e rotações com a *Razor Crest* recém-consertada, esquivando-se dos caças TIE restantes em sua cola. Presa pelo cinto de segurança no assento auxiliar, a Criança deu risadinhas de felicidade, comendo o pacote de biscoitos azuis que trouxera da sala de aula.

Mando forçou a nave mais para cima, cortando um dos caças e arrancando a vela, o que fez com que fosse parando em direção à superfície do planeta, cuspindo fumaça e chamas. Então puxou os controles de voo e ele levou a *Crest* por uma nova série de manobras acrobáticas. Atrás dele, a Criança não estava mais rindo.

O último TIE mirou e atirou, aproximando-se. Mando girou a *Crest* para encará-lo e abriu fogo.

O caça explodiu diante dele, e o Mandaloriano puxou o manche para trás.

– Nada mal, hein, garoto?

A Criança olhou para ele e uma grande quantidade de gosma azul escorreu para seu peito.

A voz de Greef Karga surgiu no comunicador.

– Isso foi impressionante, Mando. O que eu lhe devo?

O Mandaloriano deixou a nave no piloto automático e se abaixou para limpar a roupa da Criança.

– Com os consertos, estamos quites.

– Posso ao menos pagar um drinque?

– Sinto muito – disse Mando, limpando a mancha. – Tenho, hum, manutenção que preciso fazer a bordo. Vamos embora antes de Gideon nos pegar.

– Bem – disse Greef. – Boa sorte em seu voo, meu amigo.

Mando se acomodou diante do painel de controle e se preparou para saltar para o hiperespaço. Então tirou os últimos biscoitos da Criança, que não pareceu se importar.

Pela primeira vez, ela não parecia estar com fome.

A bordo da ponte de comando do cruzador Imperial leve, uma oficial de comunicação estava falando com o holograma de um trabalhador Mimbanês da zona de pouso de Nevarro, a voz dela abafada e urgente.

– O aparelho foi plantado conforme pedido – informou o trabalhador.

– Muito bem – disse a oficial. – Será recompensado na nova era.

Ela encerrou a comunicação e saiu da ponte, passando por soldados e oficiais até chegar a um grande compartimento. Moff Gideon estava de costas para ela, estudando as fileiras de armaduras de metal preto e brilhante nas paredes.

– Moff Gideon.

Ele se virou para vê-la.

– O rastreador foi colocado na *Razor Crest*.

Os lábios de Gideon se comprimiram de leve.

– Ele ainda tem o bem?

– Sim – respondeu a oficial. – Nossa fonte confirmou.

Gideon virou-se para ver as fileiras de armaduras pretas, franzindo o cenho.

– E nós estaremos prontos.

CAPÍTULO 13

BLEM! BLEM! BLEM!

O sino de ferro badalou pela noite fumacenta, acionando o alarme. Fora da cidade, os portões se abriram e guardas saíram da escuridão, blasters em riste. Não havia conversa por rádio entre eles. Todos sabiam o que estava acontecendo.

Ela estava lá.

Em algum lugar, a figura solitária parecia flutuar, quase incorpórea em meio a uma paisagem chamuscada, onde os esqueletos remanescentes das árvores faziam uma vigília silenciosa. Uma névoa criada pelo calor da terra pairava sobre o chão conforme os guardas continuavam, armas erguidas. Os guardas eram bem treinados e estavam armados.

No entanto, não fazia nenhuma diferença.

A figura girou, esquivando-se dos tiros de blaster, e atacou com os sabres de luz que segurava nas duas mãos. Uma das lâminas cortou o galho de uma árvore próxima, e a figura usou a Força, propelindo o pedaço de madeira contra um dos guardas. Quando os outros tiveram a chance de reagir, era tarde demais. Ahsoka Tano já havia desaparecido, apenas para reaparecer silenciosamente e atacar os guardas cujos sensores nunca detectaram seus movimentos.

No alto do muro, a magistrada de Calodan olhou para a floresta abaixo com desdém. Perto dela, o capitão da guarda, um mercenário chamado Lang, estava em posição. Os dois observavam e ouviam o pulso do fogo de blaster e os gritos da floresta fervilhante.

Então veio o silêncio.

Andando até a beira, a magistrada falou.

– Mostre-se – ela chamou –, Jedi.

Silêncio da névoa. Então, Ahsoka deu um passo à frente, os sabres de luz voltando à vida ao lado dela. Sua pele laranja exibia marcas faciais brancas e simétricas nas bochechas e testa. Em vez de cabelo, tinha montrais parecidos com chifres e, na cabeça, tentáculos que caíam em seus ombros e continuavam até as costas. Tinham listras brancas e eram azuis nas pontas.

Por um longo momento, ela não se moveu. Em vez de raiva, seu rosto exibia uma serenidade resultante da elegância e da confiança de uma guerreira.

– Estava esperando por você – disse a magistrada.

A voz de Ahsoka era tão calma quanto seu rosto.

– Então sabe o que eu quero – retrucou.

Não vai descobrir nada comigo. – A magistrada fez um sinal para a esquerda. Das sombras, um droide HK trouxe um cidadão algemado, levando o homem à beira do precipício. – Quantas vidas valem o conhecimento que possuo? – perguntou a magistrada.

Ahsoka não disse nada.

– Uma? – continuou a magistrada. – Dez? Ou talvez cem? – Ela esperou, mas não obteve resposta. – As vidas desses cidadãos não significam nada para mim. Agora, por sua culpa, esse povo há de sofrer.

– Eles já sofrem sob seu regime – disse Ahsoka. – Renda-se ou sofra as consequências. – Ela ergueu um dos sabres de luz, apontando-o para a magistrada. – Tem um dia para decidir.

Ela recolheu o sabre de luz e sumiu. Fez-se silêncio novamente.

– Estaremos prontos quando ela voltar – prometeu Lang.

Se a magistrada o ouviu, não demonstrou. Virando-se para o droide que acompanhava o cidadão, ela ergueu a mão com um gesto de desdém.

– Coloque-o em uma jaula – disse e se retirou, deixando Lang sozinho, encarando a floresta em chamas e o que quer que o esperasse lá.

No alto da órbita de Corvus, a *Razor Crest* saiu do hiperespaço e começou a descer, estável. Na cabine, Mando e a Criança observaram o planeta brilhante revelar-se diante deles.

– Corvus – disse Mando. – Este é o local. – Ele ativou o ciclo de pouso da *Crest*. – Acabei de detectar um sinal. Acho melhor se sentar de novo.

A Criança olhava para a bola de metal rosqueada em um dos controles da nave.

– Ei, o que foi que eu disse? Volte para o seu lugar.

Com relutância, a Criança engatinhou para trás de Mando e se sentou no assento auxiliar, na almofadinha de reforço. Mando levou a nave mais para baixo, descendo por uma camada grossa de nuvem, cinzas e fumaça. Algo terrível acontecera ali, carbonizando a terra e manchando o ar de um tom contaminado, castanho-amarelado.

Mando passou sobre a pedra do espaçoporto e levou a nave para uma clareira de árvores queimadas. Estendeu a rampa traseira e desceu, com a Criança atrás dele, agarrando algo com a mãozinha. Um momento depois, Mando notou que era a bola prateada do controle da nave.

– O que eu falei sobre isso? – disse. – Isso precisa ficar na nave. – Virando-se e guardando a bola prateada no bolso, ele estudou a paisagem enegrecida até a muralha distante. – Não há muita coisa por aqui. Nunca fiz negócios com um Jedi antes. Vamos para a cidade, para ver se descobrimos algo.

Com a Criança em uma sacola a tiracolo, Mando caminhou em direção aos portões da cidade.

– O que veio fazer aqui? – perguntou uma voz de cima da muralha.

Mando ergueu a cabeça para olhar para o homem. Algo a respeito da expressão fria passava a sensação de que era um homem cuja autoridade não era desafiada, especialmente por estranhos. Havia droides armados à esquerda e à direita dele.

– Passei os últimos dias em uma caçada – respondeu Mando. – Procuro um lugar para fazer uma pausa.

– Bela armadura – disse o homem. – É um caçador, então?

– Sim.

– Guilda?

Mando assentiu.

– Até onde me lembro.

Houve uma pausa.

– Abram os portões – disse o homem.

Mando entrou. As ruas de Corvus eram tétricas e silenciosas. Em comparação com a prosperidade de Nevarro, tudo a respeito desse lugar era assustador e deprimente. As pessoas se arrastavam pelas calçadas, sem sequer levantar a cabeça quando Mando passava, ou, se levantavam, se afastavam depressa para os becos, voltando às sombras. Aproximando-se de um vendedor atrás de uma mesa de carne assada, Mando tentou chamar a atenção do comerciante.

– Com licença, vendedor, ouviu falar de...

Sem dizer uma palavra, o homem se virou e saiu dali rapidamente. Continuando, Mando viu um homem com duas crianças.

– Você – disse. – Preciso de informação. Estou procurando alguém.

O homem fez um gesto para as crianças irem embora, e depois falou com o Mandaloriano em voz baixa.

– Por favor, não fale com eles nem com nenhum de nós.

– Olha – disse Mando –, eu só preciso saber...

– A magistrada quer vê-lo – informou alguém atrás dele.

Mando se virou para ver dois guardas bem armados. Conforme o acompanhavam para o portão interno, viu mais cidadãos de pé a cada lado do caminho. Eram prisioneiros, forçados a ficar imóveis em plataformas cercadas de anéis de metal que estalavam com correntes de alta voltagem. Eles grunhiam e sofriam de dor e fadiga. Imploravam enquanto Mando passava.

– Nos ajude – pediu uma das pessoas.

– Ela vai matar todos nós – murmurou outra.

Mando entrou pela passagem que levava ao pátio interno. O ar era claro e limpo. Uma ponte baixa de pedra se estendia sobre um lago calmo, em um jardim cercado de folhagem exuberante. Na ponte, uma mulher com robes de magistrado jogava flocos de comida para os peixes. Seu rosto era frio e imperioso, seus traços, afiados pela crueldade.

– Aproxime-se – disse ela.

Mando se aproximou, e a mulher falou sem olhar para ele.

– Você é Mandaloriano?

– Sim – respondeu.

– Tenho uma proposta que pode interessá-lo.

– Cobro caro.

A magistrada terminou de alimentar os peixes e voltou a atenção total para Mando.

– O alvo não tem preço – disse. – Uma Jedi está me atormentando. Quero que a mate.

– Uma tarefa difícil.

– Uma tarefa adequada para você – retrucou a magistrada. – Os Jedi são antigos inimigos de Mandalore.

Mando não fez menção de se aproximar mais.

– Como disse, cobro caro.

Fazendo um sinal para o droide atrás dela, a magistrada esperou até ele pegar uma longa lança prateada e colocá-la nas mãos da mulher. Ela se virou para dá-la a Mando.

– O que pensa disso?

Ele a suspendeu, sentindo o peso, e depois a bateu contra a própria manopla, ouvindo o som inconfundível de metal contra metal, o mesmo tom musical que ouviu tantas vezes na forja da Armeira de Nevarro. Então olhou para a magistrada.

– Beskar.

Ela sorriu, gostando da reação dele.

– Beskar puro, assim como sua armadura. Mate a Jedi e será sua.

Mando a encarou e sentiu a Criança se mexendo desconfortavelmente na bolsa. Ele devolveu a lança à magistrada.

– Onde posso encontrar essa Jedi? – perguntou.

CAPÍTULO 14

AO SAIR DO PORTÃO E VOLTAR A VER o brilho amarelado e fumacento do céu, Mando notou o capitão da guarda, o homem que chamavam de Lang, olhando para a Criança em sua bolsa.

– O que é essa coisa? – Lang fez cara feia.

– É para dar sorte – disse Mando.

– Vai precisar de sorte no lugar aonde vai. – Lang continuou de pé, observando o Mandaloriano partir. Então, o capitão da guarda deu as costas a ele e retornou ao vilarejo, fechando o portão atrás de si.

Mando andou pela floresta, com um rifle no ombro, passando pela paisagem fumegante e por troncos chamuscados que permaneciam de pé, como soldados em uma guerra esquecida.

Algo se moveu na floresta atrás dele.

Mando parou, olhando de relance para a Criança.

– Ouviu isso? – Após prestar atenção por um momento, ele colocou a Criança no chão e pegou o rifle. – Fique sentadinho aqui. Vou ver o que tem por aí. – Acionou o telescópio da arma e olhou ao redor, mas não viu nada. – Alarme falso.

O ataque veio de cima. Uma figura com uma capa cinza surgiu da névoa, atacando com lâminas brancas e brilhantes. Por instinto,

Mando ergueu o antebraço coberto de beskar diante do rosto, bloqueando o golpe que teria finalizado a luta em um único instante.

A outra pessoa se moveu mais rápido, brandindo os dois sabres de luz, as lâminas tinindo contra a armadura. Mando acionou o lança-chamas, jogando o braço para a frente, e a figura rodopiou para trás, usando a capa para se proteger. Ele disparou a linha de agarre, prendendo-a, mas antes de conseguir finalizar a batalha, a figura saltou, tomando a linha e deslizando para cima de uma árvore, levando Mando consigo.

Usando a vibrolâmina de sua bota, Mando cortou a linha. No mesmo momento, sua oponente se soltou, e os dois caíram no chão, recuperando-se rapidamente. O blaster de Mando já estava apontado contra ela, e a adversária posicionou as lâminas em modo de defesa.

– Ahsoka Tano! – disse Mando. – Fui enviado por Bo-Katan. Precisamos conversar.

Ela olhou para ele por um momento... e depois para trás dele, recolhendo os sabres de luz.

– Espero que seja a respeito dele – disse Ahsoka.

Mando seguiu o olhar dela e viu a Criança sentada em uma pedra, assistindo-os. Ahsoka se aproximou dela, maravilhada e em silêncio, os dois considerando um ao outro com o que parecia ser reconhecimento mútuo.

Era noite.

Ahsoka levou Mando e a Criança para um local seguro entre rochas cobertas de musgo e árvores recurvadas. Uma fina corrente de água fluía, quase gotejante, por entre as rochas, cobertas de inscrições antigas, desgastadas pelo tempo. Ela e a Criança estavam sentadas em volta de um lume, enquanto Mando esperava, andando de lá para cá e olhando de tempo em tempo para as silhuetas dos dois contra o luar.

Por fim, eles se dirigiram até Mando. Ahsoka sentou em uma árvore enorme que se firmara na pedra achatada e pendia sobre o riacho mais abaixo. Na quietude, Mando conseguia ouvir o gorgolejar da água.

– Ele está falando? – perguntou. – Você consegue entendê-lo?

– De certa forma – disse. – Eu e Grogu podemos sentir os pensamentos um do outro.

– Grogu?

– Sim. É o nome dele.

– Grogu – repetiu Mando, vendo o garoto se empertigar ao som do próprio nome.

– Ele foi criado no templo Jedi de Coruscant – disse Ahsoka. – Muitos Mestres o treinaram ao longo dos anos. No final das Guerras Clônicas, quando o Império ascendeu ao poder, ele foi escondido. Alguém o tirou do templo. A memória dele é nebulosa a partir daí. Ele parecia só, perdido.

Ahsoka observou Grogu olhando para Mando, vendo quanto carinho ele tinha pelo caçador de recompensas que se tornou seu protetor e cuidador.

– Só conheci um único ser como ele – continuou ela –, um sábio Mestre Jedi chamado Yoda. Ele ainda consegue usar a Força?

– Quer dizer os poderes dele? – perguntou Mando.

Ahsoka sorriu.

— A Força é o que lhe permite ter poderes. É um campo de energia criado por todos os seres vivos. Usá-la requer muito treinamento e disciplina.

— Já o vi fazer coisas que não sei explicar — revelou Mando.

Ahsoka olhou para o pequeno Grogu, que tinha abaixado a cabeça e adormecido, sentado entre eles.

— Minha missão era levá-lo a um Jedi — disse Mando.

— A Ordem Jedi deixou de existir muito tempo atrás.

— O Império também — retrucou Mando — e, ainda assim, eles o perseguem. Ele precisa da sua ajuda.

Ahsoka ainda encarava Grogu, seu rosto iluminado pela fogueira.

— Deixe-o dormir — disse ela. — Vou testá-lo amanhã.

Ao amanhecer, Mando levou Grogu pelo riacho para encontrar Ahsoka. Pararam perto do topo de um morro onde o sol parecia brilhar um pouco mais através da névoa, e Mando deixou a Criança diante da Jedi.

— Vamos ver que tipo de conhecimento se esconde dentro dessa pequena mente — disse Ahsoka. Ela pegou uma pedrinha lisa e a ergueu, movendo a mão com gentileza. Um momento depois, Mando viu a pedra levitando acima da palma da mulher. Com um gesto, ela levou a pedrinha adiante, fazendo-a flutuar entre ela e Grogu, que ergueu a mãozinha para recebê-la com um arrulho deliciado.

— Agora — disse Ahsoka — me devolva a pedra, Grogu.

A Criança não se moveu, mas parecia estar se esforçando.

– A pedra, Grogu.

Ainda na mesma, a Criança soltou um grunhido suave, jogou a pedra no chão e encolheu-se, triste e silenciosa.

– Sinto muito medo em você – disse Ahsoka, e olhou de relance para Mando. – Ele escondeu suas habilidades para sobreviver durante todos esses anos. – Ela fez uma pausa, refletindo. – Vamos tentar outra coisa. Venha aqui.

Grogu não se mexeu.

– Ele é teimoso – disse Mando.

– Não ele – retrucou Ahsoka –, você.

– Eu?

– Quero ver se ele vai ouvir você.

– Seria a primeira vez – disse Mando.

Ahsoka sorriu de leve.

– Eu gosto de primeiras vezes – disse ela. – Boas ou ruins, são sempre memoráveis. Agora... – ela gesticulou – segure a pedra na palma de sua mão.

Cético, Mando se abaixou para pegar a pedra. As orelhas de Grogu se ergueram quase de imediato, e ele ficou mais interessado agora que seu guardião estava envolvido na brincadeira.

– Diga a ele que levante a pedra – disse Ahsoka.

– Muito bem, garoto – tentou Mando. – Levante a pedra.

– Grogu – sugeriu Ahsoka suavemente.

Com um suspiro, Mando tentou mais uma vez.

– Grogu, vamos lá. Levante a pedra.

Grogu inclinou a cabeça, as orelhas erguidas, mas parecia mais interessado no Mandaloriano que na pedra.

– Viu só? – disse Mando. – Falei que ele é teimoso.

– Tente se conectar com ele – sugeriu Ahsoka.

Mando respirou fundo. O garoto ainda olhava para ele, com esperança, com afeto. Finalmente, Mando colocou a mão no bolso do cinto e pegou a bola brilhante do controle que ele tirara da Criança quando pousaram. Ele a deixou na palma da mão, como fizera com a pedra. Os olhos de Grogu brilharam ao ver a bola metálica.

– Quer isso, Grogu?

Grogu esticou uma mãozinha. Mando estava consciente de que Ahsoka observava tudo com atenção.

– Então venha pegar – disse. – Isso mesmo, pode pegá-la. Vamos. É sua.

Com a mão ainda esticada, Grogu puxou a bola da palma da mão de Mando, fazendo-a voar até ele e pousar entre seus dedos.

– Bom trabalho! – disse Mando. – Bom trabalho, garoto! Viu isso? É isso mesmo. Eu sabia que você conseguiria. Muito bom.

Grogu apertou a bola, eufórico de ter um brinquedo novo e ser elogiado pelo Mandaloriano. Mas, quando Mando olhou para Ahsoka, ela não estava sorrindo.

– Ele criou uma ligação profunda com você – disse ela. – Não posso treiná-lo.

– Quê? – perguntou Mando. – Por que não? Você viu o que ele consegue fazer.

– A ligação que ele tem com você o torna vulnerável aos medos e à raiva que ele tem dentro de si.

– Mais motivos ainda para treiná-lo.

– Não – disse ela, firme. – Eu vi o que sentimentos assim podem fazer com um Cavaleiro Jedi treinado, o que podem fazer com os melhores de nós. Não vou levar essa criança para esse caminho. – O tom dela baixou, com tristeza. – É melhor deixar que as habilidades dele desapareçam. – Ela colocou a capa, pronta para partir. – Já me atrasei demais. Preciso voltar ao vilarejo.

Conforme Ahsoka caminhava para fora dali, Mando a chamou.

– A magistrada me enviou para matá-la.

A Jedi parou abruptamente, virou-se e olhou para trás. Grogu estava sentado entre eles, os olhos indo de um lado para o outro, seguindo a conversa com atenção.

– Eu não concordei com nada – disse Mando. – E vou ajudá-la com seu problema, se você fizer com que Grogu seja treinado como deve.

A Jedi não respondeu, mas a expressão dela, de incerteza misturada à esperança, disse tudo que ele precisava saber.

Mando pegou Grogu do chão e a seguiu.

CAPÍTULO 15

ENQUANTO ANDAVAM PELA PAISAGEM ENEVOADA, Mando contou a Ahsoka o que descobrira da magistrada no pouco tempo que passou dentro das muralhas da cidade.

– Ela tem um pequeno exército de guardas armados com rifles blaster A-350, dois droides assassinos HK-87 e um mercenário. – Pensou em Lang, o homem que o acompanhou até os portões da floresta. – Me pareceu um ex-militar. Combinados, nem seus sabres laser vão protegê-la de todo esse armamento.

– Verdade – disse Ahsoka. – Mas não subestime a magistrada.

– Quem é ela? – perguntou Mando. – Ela me ofereceu uma lança de beskar puro em troca da sua morte.

– Morgan Elsbeth – respondeu Ahsoka. – O povo dela foi massacrado durante as Guerras Clônicas. Ela sobreviveu e deixou sua raiva alimentar a indústria que ajudou a construir a frota do Império. Ela saqueou mundos, destruindo-os no processo.

Mando encarou a floresta carbonizada.

– Parece que ela ainda está na ativa.

– Viu algum prisioneiro enquanto estava na cidade?

– Vi três pessoas penduradas perto do portão interno – disse Mando.

– Precisamos achar uma forma de libertá-las.

Mando a considerou por um momento.

– Um Mandaloriano e uma Jedi? Eles nunca esperariam por isso.

Eles não esperavam.

Ao entardecer, os guardas vigiando a muralha da cidade encararam a névoa e a fileira de árvores ao longe. Quando uma figura encapuzada passou pelas sombras, o guarda no portão ergueu a cabeça em um pulo.

– É ela. Toquem o alarme!

O sino de ferro alongado começou a badalar, mas os sons não duraram. Vinda de baixo, Ahsoka chegou ao topo da muralha com os sabres de luz. Pegos de surpresa, os soldados começaram a disparar, mas Ahsoka passou por eles sem um arranhão, atacando-os com as lâminas, desarmando-os e jogando um deles da beirada. O guarda segurando a maça de ferro para tocar o sino a atacou com ela. Esquivando-se, Ahsoka girou e cortou a maça e o sino em dois, e os pedaços caíram na rua com um baque ensurdecedor.

Do lado de dentro da muralha, guardas e civis corriam em um furor de atividade causado pelo ataque. Momentos depois, o portão interno se abriu e a magistrada apareceu, seguida por Lang e seus dois droides guardiões. Ela passou pelos outros guardas e chegou diante do grupo, depois olhou para baixo para ver a rua e o sino tombado.

E então ela parou.

No fim da rua, Ahsoka Tano se revelou. A magistrada olhou para ela. Por um instante, nenhuma das duas se moveu. A brisa fazia as lanternas penduradas mais acima irem de trás para a frente, lançando sombras nos guardas dos dois lados.

Ahsoka começou a caminhar em direção a ela. Conforme os guardas erguiam as armas, a magistrada fez um sinal para que se mantivessem calmos. Vinte metros dali, Ahsoka parou e tirou algo do cinto, jogando aos pés da magistrada, onde caiu com um tinido. Ao olhar para baixo, a magistrada viu um pedaço da armadura do Mandaloriano.

– Seu caçador de recompensas falhou – disse Ahsoka.

A magistrada não respondeu.

– Diga o que eu quero saber – disse Ahsoka. – Onde está seu mestre?

A magistrada olhou para Lang.

– Mate-a.

– Vou adorar – disse Lang.

Erguendo o blaster de dispersão, ele puxou o gatilho e disparou uma salva de lasers contra Ahsoka. Mas a Jedi já estava saltando no ar, pulando no blaster e pousando no topo de um prédio adjacente. Os guardas dispararam contra ela de baixo, e Ahsoka defletiu os tiros com seus sabres de luz antes de se virar e correr pelo telhado, para a escuridão.

– Vou cuidar disso – disse Lang.

A magistrada gesticulou para os droides.

– Leve-os com você. – Após Lang e os HKSs irem embora, ela se virou e começou a andar de volta à muralha interna. No caminho, falou com os guardas parados no portão interno e apontou para os prisioneiros. – Executem-nos, e depois passem de porta em porta.

Quando ela saiu, os dois guardas ergueram os blasters, apontando para os prisioneiros enjaulados.

– Por favor, não! – gritou um deles, mas antes que os guardas disparassem, ouviu-se o som repentino dos foguetes de um propulsor a jato. O Mandaloriano pousou, chutando um dos guardas para o lado, girou com o blaster em mãos e disparou contra o outro. Parou, vendo o homem que estivera com as duas crianças no dia anterior.

Mando acenou com a cabeça, e ele e o homem começaram a libertar os prisioneiros.

Lang seguiu caminho pela rua escura, com o blaster de dispersão pronto, em busca da Jedi. Ele não estava com medo. Manter-se calmo e focado era a melhor vantagem que poderia ter.

À distância, ouviu o sibilar de um sabre de luz e o grito de um guarda. Lang foi em direção ao grito, mas, quando chegou, a luta já terminara. Os corpos dos guardas estavam empilhados.

Com o canto do olho, Lang notou uma centelha de movimento no telhado. Girando o corpo, ele disparou contra a Jedi. Apesar dos sabres de luz giratórios, ela não podia proteger-se do jato de tiros da blaster de dispersão. Quando Ahsoka fugiu da ruela, Lang fez um gesto para os droides.

– Vão para lá!

Os droides escalaram o telhado e Lang continuou, indo pela esquina para outro beco, rumo à rua principal, perseguindo Ahsoka do chão.

Lang conseguia sentir o cheiro de sangue.

Não duraria muito.

Dentro do pátio interno, a magistrada aguardava.

Ela estava de pé no caminho de pedra que dividia o corpo d'água, com a lança de beskar descansando no ombro.

Após fugir dos droides e deslizar pela parede do pátio, Ahsoka Tano ficou de pé do outro lado do caminho de pedra, logo atrás dos portões fechados. Os sabres de luz em suas mãos se acenderam, as lâminas brancas e brilhantes refletidas no lago do jardim.

A magistrada andou com compostura e propósito. Ela ergueu a lança e colocou-se em posição de defesa, ao contrário da pose de Ahsoka. As duas mulheres se encararam, analisando a oponente em busca de um ponto fraco.

Então, começaram.

Beskar e lâmina colidiam enquanto as duas lutavam, investindo, empurrando e duelando, a superfície tranquila da água refletindo o borrão do combate acima. Girando a lança, a magistrada jogou um dos sabres de Ahsoka para o lado e partiu para cima dela. Ahsoka bloqueou o ataque com o outro sabre. No último instante, inverteu a pegada e usou a outra mão para apanhar a lança da magistrada. Em menos de um segundo, a lâmina do sabre de luz estava no pescoço da magistrada, a centímetros das veias pulsando em sua garganta.

Enquanto Ahsoka escalava o muro que levava ao pátio da magistrada, Mando olhou para a rua e viu Lang se aproximando.

– Então você se juntou à Jedi – disse Lang.

Mando respondeu ao olhar dele.

– É o que parece – disse. De longe, conseguia ouvir o tinir dos sabres de luz contra o beskar, os grunhidos e exclamações do duelo no pátio interno.

– Quem acha que vai vencer? – perguntou Lang. – Pode ser o seu lado... Pode ser o meu. – Ele começou a avançar lentamente em direção a Mando. – Não tenho nenhum problema com você, Mandaloriano.

Mando ergueu a mão.

– Pode parar por aí – disse. A outra mão estava sobre o blaster, no coldre em seu quadril direito, os dedos abertos, aguardando.

– Você e eu, nós somos bem parecidos – disse Lang. – Prontos para morrer pela causa certa. – Ele apontou com a cabeça para a batalha. – O que não é o caso.

Em silêncio, ouviram o som indiscutível do beskar caindo no chão. Lang não parecia surpreso.

– Parece que você venceu – falou ele, e se inclinou lentamente para abaixar o blaster de dispersão.

Então, de repente, no último segundo, ele sacou a própria pistola.

ZUUUM!

O blaster de Mando disparou uma única rajada, mas era o suficiente. Lang voou para trás e caiu no chão, imóvel.

Mando guardou o blaster e deu meia-volta.

No dia seguinte, pela primeira vez em sua memória recente, as pessoas estavam comemorando nas ruas de Calodan. Gente celebrava, bandeiras coloridas foram hasteadas em praças e locais públicos. O alívio e a celebração eram palpáveis, mesmo quando Mando e Ahsoka passaram pelos portões, em direção à floresta mais além.

– Acredito que esse seja seu pagamento – disse ela, dando a lança a Mando.

– Não – afirmou o Mandaloriano. – Não posso aceitar. Eu não finalizei o serviço.

– Não – retrucou ela –, mas o lugar disto é com um Mandaloriano.

Ele pegou a lança com um aceno de gratidão.

– Onde está seu amiguinho? – perguntou Ahsoka.

– De volta à nave – disse Mando. No silêncio que se seguiu, ele notou que essa poderia ser a última vez que ele veria Grogu. – Espere aqui. Vou pegá-lo.

Ele encontrou o garoto dormindo na rede da *Crest*. Mando o observou por um momento. Grogu se movia durante o sono, franzindo a testa. Mando segurou a rede e o ninou gentilmente.

– Acorda, parceiro – disse ele, com delicadeza. – É hora de dizer adeus.

Grogu abriu os olhos, sonolento, e arrulhou baixinho quando Mando o enrolou para pegá-lo e o ajeitou na curva de seu braço, um gesto que já havia se tornado natural para ele. Enquanto descia a rampa, viu Ahsoka esperando.

– Você é como um pai para ele – disse ela, parada em meio às árvores chamuscadas. – Não posso treiná-lo.

Mando parou no fim da rampa.

– Você fez uma promessa e eu fiz minha parte.

Ahsoka fez uma pausa, considerando.

– Há uma possibilidade – disse ela. – Vá ao planeta Tython. Lá, você encontrará as ruínas de um templo que tem uma grande conexão com a Força. Coloque Grogu na pedra no topo da montanha.

– E o que faço depois? – perguntou Mando.

– Então Grogu vai poder escolher seu caminho – disse ela. – Se ele tocar a Força, existe a chance de que um Jedi sinta sua presença e vá procurá-lo. Mas, de novo, não há muitos Jedi restantes.

– Obrigado – agradeceu Mando, ouvindo a sinceridade na voz dela. A Criança fez um sonzinho suave e se agarrou nos braços de Mando.

– Que a Força esteja com você – disse Ahsoka.

Assentindo, o Mandaloriano se virou e levou Grogu de volta à nave. Momentos depois, os motores da *Crest* rugiram, de volta à vida. Ahsoka assistiu enquanto as chamas dos motores passavam por ela. Depois, virou-se e começou a caminhar pela floresta queimada, em direção à cidade.

CAPÍTULO 16

– GROGU – DISSE MANDO.

No assento auxiliar da *Razor Crest*, onde estivera brincando alegremente com a bolinha de metal, a Criança se sentou e resmungou ao som de seu nome. O Mandaloriano deu uma risadinha. A Criança voltou a olhar para a bolinha, grunhindo suavemente enquanto a movia em suas mãos.

– Grogu – disse o Mandaloriano de novo, e a Criança o olhou de relance mais uma vez. Mando riu. Ele estava se acostumando com o nome. – Me dê essa bola. – Ele esticou o braço e abriu a mão. – Grogu, me dê a bola. Vamos.

Depois de um momento, com relutância, Grogu devolveu o objeto. Mando o deixou longe dele, e depois abriu a mão.

– Muito bem – disse. – Vamos lá. Pode pegá-la, como antes. – A Criança o olhou, cabeça inclinada para o lado, as orelhas esticadas. – Grogu, você pode pegá-la. Vamos lá.

Grogu esticou a mão, fechando os olhos com leve concentração. Mando sentiu a bola tremer um pouco e voar de repente da mão dele para a do garoto.

– *Dank farrik*! – disse Mando, satisfeito.

Grogu o encarou, incerto quanto à reação de Mando, com medo de ter feito algo errado.

– Ei, não, não – disse Mando. – Não estou bravo com você. Você foi bem. É só... – Ele hesitou, tentando achar as palavras corretas. – Quando a moça simpática disse que você foi treinado, eu só... – Ele sacudiu a cabeça. – Você é especial, garoto.

Grogu começou a sorrir, entendendo. Enquanto a Criança continuava a se divertir com o novo brinquedinho metálico, Mando focou a atenção na nave e no destino à frente deles.

– Vamos encontrar o lugar ao qual você pertence – disse – e eles vão cuidar muito bem de você. – Observando o planeta que surgia na panorâmica, Mando acertou os controles para começar a descida. – Aqui está Tython. É para lá que vamos, para encontrar um Jedi para você. – Ele olhou para Grogu com o canto do olho mais uma vez. – Mas você precisa concordar em ir com eles, entende? Além do mais, eu não posso treiná-lo. Você é poderoso demais. Não quer aprender mais dessas coisas de Jedi?

Grogu bufou, a atenção focada na bola.

– Eu concordei em levá-lo de volta àqueles que são como você – disse Mando, falando tanto consigo mesmo quanto com a criança. – É isso que eu preciso fazer. Você entende, não?

Grogu o olhou. Mando encarou o planeta e continuou a descida. Ele conseguia ver o terreno montanhoso se aproximando, uma paisagem verde de vegetação e vida. Em meio a tudo isso, um afloramento afiado de rochas antigas, organizadas em um círculo, com uma pedra distinta no centro.

– Parece que essa é a pedra mágica para onde preciso levá-lo. – Examinando as rochas, anguladas verticalmente para se encontrarem no topo do pico, Mando balançou a cabeça. – Desculpe, garoto. Não posso pousar lá em cima. É pequeno demais. Parece que vamos ter que passar o último trecho da viagem com as janelas abertas.

Momentos depois, eles planaram sobre os picos das montanhas, com Grogu nos braços do Mandaloriano. A Criança tinha uma expressão de felicidade, as orelhas abanando com o vento conforme o propulsor a jato os carregava para a formação de pedras.

Eles pousaram no topo do morro e andaram até o círculo para vê-lo melhor. As pedras lançavam sombras alongadas ao redor deles enquanto Mando levava Grogu ao centro. Olhando melhor, o caçador de recompensas viu que a pedra central estava entalhada com petróglifos corroídos pelo tempo e inscrições antigas cujos significados ele não podia nem imaginar.

– Bom, acho que é isso – disse Mando. – Isso parece "Jedi" para você?

Grogu olhou para ele, inexpressivo.

Mando o pegou no colo para deixá-lo na pedra do centro – a pedra da visão, como Ahsoka a chamara.

– Acho que você deve sentar aqui. Isso, vamos lá.

Grogu arrulhou e inclinou a cabeça, curioso, ainda olhando para Mando, como se esperasse que o caçador fizesse algo.

– Esta é a pedra da visão – declarou Mando. – Você está vendo algo? – Ele começou a andar ao redor da pedra, acionando o aumentador de visão de seu visor para investigar a área. – Ou será que eles que veem você?

Mas não houve resposta. Voltando a olhar para Grogu, notou que a Criança se distraiu ao ver uma borboleta voar em sua direção. Mando suspirou.

– Ah, qual é, garoto. Ahsoka falou que tudo que eu precisava era trazê-lo até aqui e você faria o resto...

Mais acima, ouviu-se o gemido de um motor se aproximando. Mando olhou para o céu, rastreando a nave desconhecida enquanto ela formava um arco pelo firmamento azul e encontrava um local para pousar. Ao virar-se para o círculo de pedras, ele começou a voltar para a pedra.

– O tempo acabou, garoto. Precisamos sair daqui...

Parou. Grogu estava de olhos fechados, sentado sobre a pedra. Os petróglifos inscritos ao seu redor começaram a cintilar, soltando estranhos tentáculos translúcidos de luz azul, subindo ao redor dele.

– Não temos tempo para isso! – disse Mando, indo para a frente. – Precisamos...!

Bam! Ele voou para trás, repelido por uma força invisível, e acabou no chão. Então se levantou em um pulo, mas Grogu não parecia ter notado. Seus olhos continuavam fechados.

– Ei! – gritou Mando. – Acorda! Precisamos sair daqui!

Ainda sem resposta de Grogu. Seja lá em que estado ele acabara de entrar, o efeito só parecia aumentar. Os padrões de luz azul subiram com mais intensidade, ondulando da pedra que cercava a

Criança e indo em direção ao céu em um estranho cilindro de energia pura.

Mando trocou o visor e voltou a olhar a nave que acabara de pousar, percebendo a forma de um passageiro, uma figura encapuzada, descendo a rampa à distância. Tirando o blaster, ele se virou para Grogu.

– Vou ver se consigo um pouco mais de tempo – disse. – Consegue se apressar aí?

Sem esperar por uma resposta, Mando começou a correr pelo caminho em passadas silenciosas sobre o terreno desigual, indo mais devagar ao se aproximar da nave.

Uma salva repentina de tiros de blaster atingiu a terra à frente dele, fazendo-o parar onde estava. Mando se escondeu atrás de uma pedra, espiando pelo canto.

– Estou atrás de você há um tempo, Mandaloriano – disse uma voz fria.

Mando olhou para a capa contra o céu azul e o par de armas atadas atrás da pessoa.

– Você é Jedi? – perguntou.

Não houve resposta.

– Ou está atrás da Criança?

A figura se aproximou e tirou o capuz, expondo a face. Era mais velho do que Mando esperava, careca e parecia desgastado pelo tempo. Não fez menção de pegar o rifle ou o bastão gaffi das tiras em suas costas, o que o deixava surpreendentemente vulnerável.

– Estou aqui pela armadura – disse o homem.

Mando se ergueu, apontando o blaster.

— Se quer minha armadura, vai ter de tirá-la de meu cadáver.

O homem sorriu de leve.

— Eu não quero a *sua* armadura — disse. — Quero a armadura que você pegou de Cobb Vanth em Tatooine. Ela é minha.

— Você é Mandaloriano?

— Meu nome é Boba Fett — informou o homem. — Sou um homem simples, vivendo sua vida na galáxia, assim como meu pai antes de mim.

— Você segue o Código?

— Não concedo minha lealdade a ninguém — respondeu Fett.

— O beskar pertence aos Mandalorianos — disse Mando. — Foi saqueado de nós durante o Expurgo.

Fett não estava comovido.

— A armadura pertencia ao meu pai — disse ele. — Agora é minha.

— O que pode me impedir de matá-lo agora mesmo?

— O fato de que tenho uma atiradora de elite naquele cume com o telescópio travado, pronta para disparar assim que meu corpo bater contra o chão — respondeu Fett.

— Quem está usando beskar sou eu — disse Mando. Ele carregou as armas de sua manopla, preparando-se para acionar os pássaros sibilantes. — Assim que eu vir o clarão dos tiros, vocês dois estarão mortos.

— Eu não disse que ela atiraria em você — disse Fett. — Minha amiga está mirando naquele seu companheirinho, lá no círculo. — Ele apontou para Grogu, pouco visível no arranjo de pedras Jedi, brilhando no pico do morro. Mando ergueu os olhos para o cume, onde viu uma figura deitada de bruços, com o rifle pronto para atirar.

– E, se você lembrar bem – disse a mulher –, eu não erro.

Mando reconheceu a voz dela imediatamente.

– Fennec?

Fennec Shand olhou para ele sem tirar o dedo do gatilho do rifle.

– Você tem um bom ouvido, Mando.

– Tire essa arma da direção daquele garoto – ordenou Mando – ou mato vocês dois agora mesmo.

Boba Fett continuou calmo.

– Vamos todos abaixar as armas e conversar – disse. – Não há necessidade de matança.

Mando apontou com a cabeça para Fennec.

– Diga a ela para abaixar a arma.

– Assim que você tirar o propulsor a jato – disse Fett.

– Ao mesmo tempo.

Fett fez um sinal para Fennec.

– Abaixe – disse ele.

Enquanto Mando tirava o propulsor e o deixava nas rochas, Fennec voltou pelo caminho e os encontrou. Ela tirou o elmo, parecendo gostar da surpresa no rosto de Mando.

– Parece que você viu um fantasma – disse ela.

– Você estava morta.

– Ela foi deixada à própria sorte nas areias de Tatooine – explicou Fett –, assim como eu. Mas o destino às vezes intervém para salvar os malfadados.

– No meu caso – disse Fennec –, Boba Fett foi o destino. – Ela abriu o colete para mostrar uma camada de mecanismos cibernéticos no lugar onde sofrera o tiro. – E agora estou a serviço dele.

– Quero minha armadura de volta – declarou Fett.

Mando encarou o homem.

– Vai contra o Código Mandaloriano.

– Meu pai, Jango, ganhou a armadura de seus ancestrais – disse Fett. – Em troca, eu garanto a segurança da Criança, assim como a sua.

– A recompensa por seu amiguinho cresceu de maneira significativa – disse Fennec. – Você pode comprar dez armaduras com o valor que estão oferecendo pela cabeça dele.

Mando estava prestes a responder quando a sombra de uma nova nave pairou sobre eles. Olhou para cima e viu um transporte Imperial pousando na clareira perto da *Razor Crest*. Mando reagiu de imediato, correndo para a pedra para alcançar Grogu, enquanto Fett e Fennec corriam em direção às rochas mais abaixo.

– Hora de ir, garoto! – disse Mando, chegando ao círculo onde Grogu continuava sentado na pedra, ignorando tudo à sua volta. Tentando se forçar para dentro do campo de energia, Mando focou cada centímetro de força que tinha para empurrar os braços e pegar a Criança, mas foi jogado para trás mais uma vez.

Por um momento, Mando ficou lá, estatelado e atordoado, tentando se recuperar.

Então, ouviu os tiros de blaster.

CAPÍTULO 17

NENHUM STORMTROOPER DOS PRIMEIROS cinco que saíram da nave sobreviveu trinta segundos depois de pisar no solo.

Fennec e Fett começaram a disparar de imediato. Atirando de uma posição elevada, com o sol atrás deles, tinham a vantagem ao mirar nos stormtroopers que desciam a rampa do transporte. Lado a lado, sem dizer uma palavra, eles eliminaram a primeira leva e Fett fez um gesto silencioso para a companheira antes de focar no próximo esquadrão de troopers. Fennec assentiu e desapareceu nos arbustos, silenciosa como um espectro.

Na clareira na base do morro, um grupo de troopers montou um canhão trípode e acionou fogo supressor para dar cobertura aos outros, que subiam em direção ao morro.

– Flanco esquerdo e para cima! – ordenou o comandante.

– Há muito fogo, senhor!

O comandante gesticulou.

– Flanqueamento, seu idiota!

POW! Um bastão gaffi surgiu atrás dele, golpeando a cabeça do comandante com tanta força que rachou o elmo e o fez rolar morro abaixo. Quando os outros troopers notaram, Boba Fett deu um passo à frente, erguendo o bastão para um novo ataque. Ele segurou a arma com uma mistura de agilidade e força bruta, acabando com os troopers e lançando-os em direção às rochas.

Acima, Fennec foi encurralada atrás de um grande rochedo, atacada pelo fogo Imperial. Uma acometida direta do canhão atingiu o rochedo, e ela o sentiu se soltar à sua frente.

Inclinando-se para trás para se alavancar, Fennec dobrou os joelhos e projetou os pés contra o rochedo, balançando-o para a frente até a coisa se soltar e sair rolando, aumentando de velocidade e prensando troopers azarados. No fim da ravina, o trooper que controlava o canhão a laser trípode continuou a disparar contra a enorme pedra, até que ela o esmagasse também.

Mas o furor da vitória não durou. De longe, Fennec viu a segunda nave Imperial chegar com reforços.

Não posso continuar assim para sempre, pensou e, um momento depois, como se lesse sua mente, a voz de um trooper falou mais abaixo e, tarde demais, ela notou que estava cercada.

– Rendam-se! Não queremos vocês. Queremos a Criança.

Houve uma explosão de chamas, e o trooper sacudiu-se e caiu no chão. Ao olhar para trás, Fennec viu o Mandaloriano de pé em uma pedra baixa, segurando o blaster. Ele ativou os pássaros sibilantes mais uma vez e, agora, os liberou. Os minúsculos mísseis guiados cercaram os troopers como um enxame, atravessando seus corpos e matando os mais próximos.

– Certo – disse Mando. – Vamos avançar.

Seguindo em frente, com as armas em riste, de costas um para o outro, atiraram na próxima onda de tropas Imperiais à queima-roupa.

Os tiros eram certeiros, mas a cada trooper que apagavam, outro tomava seu lugar. Em poucos instantes, estavam cercados.

– Isso não está com uma cara boa – disse Fennec.

– Já vi pior. – Mando continuou atirando, eliminando outro trooper. – Pode ir embora. Eu lhe devo uma pela última vez.

Ela sacudiu a cabeça.

– Nós temos um acordo.

Mando não gostou nada das probabilidades. Mesmo lutando juntos, havia muitos inimigos. Perguntou-se o que aconteceria com Grogu se ele e Fennec não conseguissem reverter a situação. Por quanto tempo aquele campo de energia poderia proteger a criança das tropas Imperiais?

Quando os troopers avançaram, um detonador caiu do céu, atingindo os soldados e lançando-os para longe ao explodir. A onda de choque era desorientadora e fez os outros correrem enquanto a figura blindada que disparara o explosivo vinha de propulsor a jato para pousar entre eles.

Boba Fett havia recuperado sua armadura.

O homem atacou com rapidez e ferocidade, avançando, disparando contra troopers e enfrentando corpo a corpo os que não recebiam seus tiros. Os blasters zuniam contra o beskar sem causar dano. Usando projéteis à queima-roupa, ele continuou atacando até o último dos troopers bater em retirada.

– De volta à nave! – berrou um deles com pânico evidente. – De volta à nave!

Apressando-se para subir pela rampa, os últimos soldados Imperiais mal haviam entrado quando os transportes partiram a toda velocidade em direção ao céu. Fett os observou partir por um momento, e então acionou o modo de perseguição de alvo em seu elmo e inclinou-se para a frente. Um míssil guiado zarpou pelo ar, fazendo um arco para alcançar uma das naves, que explodiu e caiu na segunda. As duas naves irromperam em uma bola de fogo colossal e os destroços caíram na cordilheira abaixo.

– Belo tiro – disse Mando.

– Eu estava tentando acertar a outra – retrucou Fett.

E, de repente, uma explosão de energia foi disparada do céu. Ela atingiu a *Razor Crest* com precisão cirúrgica, obliterando a nave e envolvendo-a em uma nuvem de fumaça e chamas, deixando nada além de uma cratera preta.

Mando congelou, sem conseguir falar, encarando o local onde sua nave estivera pouco antes. Foi Fennec que quebrou o silêncio, virando-se para Boba Fett.

– Acho melhor pegar sua nave.

Sem hesitar, Fett ativou o propulsor a jato e partiu. Mando ainda encarava a ruína fumacenta da *Razor Crest*. Erguendo o olhar, usou o visor para escanear o céu em busca da fonte e viu o formato de um cruzador Imperial leve.

Algo estava vindo do céu.

Mando disparou em direção ao morro para proteger Grogu.

Antes de chegar ao topo, viu quatro figuras negras descendo, levadas por retrorrepulsores para dentro do círculo de pedra.

Eram os dark troopers de Moff Gideon.

Não havia nada de humano neles; não estavam nem mesmo vivos. De olhos vermelhos, imparáveis e sem alma, eles marcharam até Grogu. Um dos droides de armadura preta pegou o garoto da pedra, de onde o campo de energia protetor se dissipara desde então, e voou para o céu, de volta ao cruzador.

Instintivamente, Mando tocou as próprias costas, notando que não estava com o propulsor a jato, deixado no chão no meio do confronto com Fennec e Fett. A sensação repentina de impotência o tomou, e ele apenas permaneceu ali, olhando os quatro dark troopers subindo até desaparecer de vista.

Então ouviu um zunido quando a nave de Boba Fett acelerou atrás deles. Fennec pegou o comunicador, chamando Fett.

– Eles pegaram o bebê. Não deixe que fujam!

– Afirmativo – respondeu a voz de Fett. – Eles estão em minha mira.

Ao compreender o que aquilo significava, Mando virou-se para Fennec.

– Pare-o – disse ele. – Não quero que a Criança se machuque.

Fennec ligou o comunicador de novo.

– Aborte a missão. Retirada. Não machuque a Criança.

– Entendido – afirmou Fett. – Vou segui-los um pouco para ver para onde estão indo.

Mando ativou o aumentador de visão do visor e notou a nave de Fett indo mais para cima.

– Eles voltaram – disse Fett. As palavras soaram ocas, descrentes.

– Quem? – perguntou Fennec.

– O Império. Eles voltaram.

– Não pode ser – disse ela. – Esta área está sob a jurisdição da Nova República.

– Isso não é uma alucinação de especiaria – Fett replicou pelo comunicador. – Consigo ver o cruzador Imperial com meus próprios olhos. Estou voltando.

Mando permaneceu estático, ainda encarando o céu.

Mais tarde, Mando foi para a cratera onde sua nave estivera, passando pelas cinzas e destroços. Não havia muito a ser recuperado. Olhando para baixo, viu um objeto metálico e o pegou: a bolinha prateada do controle da nave. Encarou-a por um momento, guardando-a em seguida no bolso de seu quadril.

Então, viu outra coisa: um longo bastão metálico, aparentemente ileso após a explosão. Ao erguê-lo, reconheceu a lança de beskar que Ahsoka lhe dera. Não havia nenhum arranhão. Levantando o olhar, viu Fett e Fennec observando-o, então mostrou o bastão.

– Foi tudo o que sobreviveu – disse.

– Beskar? – perguntou Fett e, como Mando não respondeu, ele chamou o caçador de recompensas para mais perto. – Quero que veja uma coisa. – Então ativou um holograma na manopla, mostrando símbolos de identificação tridimensional. – Meu código em cadeia está codificado nesta armadura há vinte e cinco anos. – Apontou para a árvore de linhagem. – Está vendo? Este sou eu. Boba Fett. Este é meu pai, Jango Fett.

– Seu pai foi enjeitado – disse Mando.

– Sim – afirmou Fett. – Ele até mesmo lutou nas Guerras Civis Mandalorianas.

– Então essa armadura pertence a você.

Fett assentiu.

– Sou grato por tê-la de volta.

– Então nosso acordo está completo.

– Ainda não – disse Fett.

Mando o olhou, desconfiado.

– Como não?

– Concordamos que a devolução da minha armadura garantiria a segurança da Criança.

O Mandaloriano sentiu o peso de todas as suas perdas, mais pesado que a armadura em seus ombros.

– A Criança se foi – disse.

– Até que você esteja com ela mais uma vez – falou Fett –, nós lhe devemos uma. – Ele se virou para Fennec, que concordou, e Mando encarou a nave de Fett.

Ele sabia o que deveria fazer.

CAPÍTULO 18

CARA DUNE NÃO ESPERAVA VER o Mandaloriano de novo tão cedo.

Ela estava em seu escritório na cidade em Nevarro com os pés na mesa, acabando os últimos relatórios do dia, quando olhou para cima e o viu parado ali.

– Preciso de sua ajuda – disse Mando.

– Diga lá.

– Preciso que me ajude a localizar alguém no registro prisional.

Cara se inclinou para a frente, clicando na tela diante dela.

– Vamos ver o que posso fazer – disse.

– Ex-atirador de elite Imperial – falou Mando. – Sobrenome Mayfeld. Apreendido perto do sistema Dilestri em uma nave prisional acabada.

Cara digitou, os olhos escaneando os dados no monitor conforme rolava a tela.

– Migs Mayfeld – disse ela. – Condenado a cinquenta anos de prisão no Ferro-Velho Karthon por ajudar na fuga de um prisioneiro. Cúmplice na morte de um oficial da Nova República. – Ela ergueu os olhos para encarar Mando. – Parece uma figura. O que quer com ele?

Mando inspirou.

– Preciso tirá-lo de lá para que me ajude a localizar o cruzador de Moff Gideon.

Cara franziu o cenho.

– Você sabe o que eu acho a respeito do Império. – Ela apontou para o próprio distintivo. – Mas essas listras aqui significam regras que eu preciso obedecer.

Mando a olhou nos olhos. Havia milhares de coisas que ele poderia ter dito naquele momento, mas apenas uma importava.

– Eles têm o garoto – disse.

A bordo do cruzador Imperial, Moff Gideon já podia ouvir os sons de batidas, acompanhados dos berros e grunhidos distantes dos stormtroopers. Ele avançou a passos largos até a porta da cela.

A escotilha se abriu, revelando o caos.

A Criança estava sentada em um banco, com as mãos para cima, lançando stormtroopers de lá para cá como se fossem marionetes. Os troopers corriam para se levantar, mas não conseguiam lutar contra a Força. Com um único gesto, a Criança os jogou para trás, contra as paredes, e depois os deixou de lado.

Gideon assistiu a tudo da porta. O sorriso de lado em seu rosto era um misto de orgulho e apreço. Era exatamente a cena que ele esperava encontrar, e a Criança não o desapontou.

Dois novos troopers correram atrás dele, com blasters na mão.

– Configurado para atordoar – disse um deles.

Gideon ergueu um dedo.

– Espere.

Os troopers atacados desabaram, e a Criança os espiou. Sua respiração estava pesada pelo esforço. Gideon se agachou diante dela.

– Você ficou muito bom nisso – disse, vendo como a Criança estava lutando para se manter consciente. – Mas faz com que fique, ah, tão sonolento.

As pálpebras da Criança tremularam, mal conseguindo se manter abertas. Gideon pegou o sabre negro e o ligou. Os olhos da Criança se abriram mais uma vez, transfixados pela lâmina preta e brilhante pairando sobre ela.

– Já viu um desses antes? – perguntou Gideon. – Em anos anteriores?

A Criança ergueu a mão para tocá-lo, mas Moff Gideon sacudiu a cabeça, brincalhão.

– Ah, ah, ah. Você não está pronto para brincar com coisas assim. – Ele desligou a lâmina. – Precisa ter cuidado com uma destas. – Observando as pálpebras cada vez mais pesadas da Criança, ele viu a fadiga dominá-la mais uma vez. – Parece que precisa dormir por um bom tempo.

Ele assentiu para o stormtrooper ao lado, que ergueu o blaster e disparou, o círculo de energia atordoando a Criança, e Grogu caiu para trás de olhos fechados. A expressão divertida de Gideon sumiu, substituída por uma máscara apática e impassível.

– Algeme-o – disse, virando-se para o oficial de comunicação enquanto se aproximava da porta. – Quando sairmos do hiperespaço, mande uma mensagem criptografada para o Dr. Pershing. Diga a ele que achamos seu doador.

– Sim, senhor – respondeu o oficial.

Gideon andou rapidamente pelo corredor.

A porta foi trancada atrás dele.

CAPÍTULO 19

OS DIAS QUE MIGS MAYFELD PASSOU EM KARTHON, a prisão lunar cor de ferrugem, eram intercambiáveis. Ele acordava todas as manhãs com uma tornozeleira eletrônica e se arrastava para o ferro-velho, onde era forçado a se engalfinhar com ferramentas velhas e máquinas inoperáveis. Um dia, fora um atirador de elite Imperial, e depois um mercenário solitário, mas em Karthon era apenas...

– Prisioneiro Três-Quatro-Seis-Seis-Sete – disse uma voz mecanizada atrás dele.

Empoleirado na asa do caça TIE com o qual estava brigando para tirar uma porca de roda teimosa, Mayfeld não precisou olhar para cima para saber que o droide de segurança estava parado ali, sem dúvida para acusá-lo de não trabalhar rápido o suficiente.

– Quê?

– Prisioneiro Três-Quatro-Seis-Seis-Sete – repetiu o droide –, desça e receba novas instruções.

Mayfeld deslizou até parar ao lado do droide.

– Não está vendo que estou ocupado?

— Prisioneiro Três-Quatro-Seis-Seis-Sete, por favor cumprimente a Xerife Dune, soldado de comando da Nova República.

Mayfeld encarou a mulher vindo em sua direção enquanto ela mostrava o distintivo ao droide. Antes que ele pudesse perguntar algo, a tornozeleira se soltou.

— Vou reter o Prisioneiro Três-Quatro-Seis-Seis-Sete sob minha custódia — disse a xerife, não parecendo nada feliz a respeito disso.

— Afirmativo — respondeu o droide. — Prisioneiro Três-Quatro-Seis-Seis-Sete, por favor, siga a Xerife Dune até o transporte.

Mayfeld não se moveu.

— Alguém pode me dizer o que está acontecendo aqui?

— Vamos — disse Cara, começando a andar novamente. — Tenho um trabalho para você.

— Para onde está me levando? — Ele olhou para o droide. — Para onde ela está me levando?

A arma pontuda na mão do droide começou a zumbir.

— Prisioneiro Três-Quatro-Seis-Seis-Sete, você tem três segundos para acatar a nova diretiva.

— Tudo bem! Certo — disse Mayfeld, afastando-se para seguir a xerife por um labirinto de sucata e lixo, chegando a uma nave que pousara em uma área desobstruída. — Quer dizer, é cortesia básica dizer pra onde você está levando outra pessoa — continuou ele. — Não acho que é demais pedir isso, você acha? Quer dizer...

Então, viu o Mandaloriano.

Ao menos ele achou que era o Mandaloriano. Aliviado, Mayfeld percebeu seu erro — era outra pessoa, vestindo uma armadura de beskar parecida e um elmo, apesar de o equipamento desse cara ser de uma cor diferente.

– Ah – disse ele, rindo –, sabe, por um segundo achei que você fosse outro cara, que...

Então ele viu o Mandaloriano.

Dessa vez, não havia erro, já que Mayfeld o vira em ação de perto.

Mando permaneceu parado.

– Mayfeld – disse.

– Ei... Mando. Quanto tempo. – Mayfeld tentou sorrir, mas desistiu depressa. – Então, veio me matar?

– Tudo que você precisa saber – disse Cara Dune – é que eu tive que burlar muitas leis para tirá-lo daqui.

– E por que eu teria tanta sorte?

– Porque você é do Império.

– Ei – disse Mayfeld –, isso foi muito tempo atrás, tudo bem?

– Mas você ainda conhece as permissões e protocolos Imperiais – retrucou o Mandaloriano –, não?

Mayfeld nem respondeu. Se eles vieram de tão longe, era óbvio que já sabiam a resposta.

A nave de Boba Fett decolou da superfície da lua, e Mayfeld observou a paisagem cor de ferrugem diminuindo debaixo deles.

O Mandaloriano não perdeu tempo em contar tudo o que precisariam dele.

– Precisamos das coordenadas do cruzador de Moff Gideon.

– Moff Gideon? – bufou Mayfeld. – É, não vai rolar. Só me levem de volta ao ferro-velho. Não topo.

– Eles pegaram o garoto dele – disse Cara Dune.

Mayfeld olhou para Mando, pensando na criatura estranha e enrugada que viajava com o Mandaloriano.

– O carinha verde?

– É – respondeu Cara. – O carinha verde.

– Então eu ajudo vocês a consegui-lo de volta, e vocês me soltam?

– Não é assim que funciona – disse Cara.

– Então o que eu ganho com isso?

Os olhos de Cara eram frios.

– Uma paisagem mais bonita.

Mayfeld suspirou.

– Certo, mas eis aqui o problema, não tenho como conseguir essas coordenadas se eu não tiver acesso a um terminal Imperial interno. – Pensou por um segundo, tentando lembrar o nome do planeta. – Acho que tem um em Morak.

– Morak? – repetiu Mando. – Não tem nada em Morak.

– É um centro de mineração Imperial secreto, tudo bem? – disse Mayfeld. – Se conseguirem me levar lá, eu consigo as coordenadas.

Mando se inclinou em direção à cabine.

– Fett, digite as coordenadas de Morak.

– Entendido – disse Fett, preparando-se para saltar para o hiperespaço.

Um tempo depois, chegaram ao planeta onde ficava a colônia mineradora. Mando, Fennec, Cara e Mayfeld estavam sentados no porão quando Fett apareceu, saindo da cabine.

– Fiz uma varredura inicial do planeta – disse. Tocando em um botão do console de visualização, ele mostrou uma projeção holográfica, indicando um posto avançado vermelho. – É disso que você estava falando, não?

– É – afirmou Mayfeld. – Essa é a refinaria, logo ali.

– Me pergunto o que eles estão refinando lá – disse Fennec.

Fett checou a varredura.

– Parece ser ridônio. Altamente volátil e explosivo.

– Mais ou menos como essa aqui, hein? – disse Mayfeld, fazendo um gesto com a cabeça na direção de Cara, que o ignorou.

– Eles têm canhões antiaéreos como proteção – disse Fett.

Fennec estudou a imagem.

– E um pelotão de forças de segurança.

– Então vamos entrar discretamente – disse Mando. – Vamos dar uma olhada mais de perto.

CAPÍTULO 20

A SUPERFÍCIE DO PLANETA ERA ARBORIZADA e, em sua maioria, subdesenvolvida, com a exceção de estradas largas entalhadas no vale mais abaixo, que permitiam a passagem de gigantescos transportes Juggernaut, de muitas rodas, que entravam e saíam dos túneis de mineração. Da vista privilegiada de onde estavam, no cume, o grupo inspecionou a área. A nave de Fett estava parcialmente escondida pela vegetação atrás deles.

– Não vou precisar de muito tempo lá dentro – disse Mayfeld. – Então, assim que eu conseguir as coordenadas, vocês precisam me tirar dali.

– Vão para o telhado – instruiu Fett. – Eu passo por lá e tiro vocês.

– Combinado – disse Cara. – Eu e Mayfeld vamos trocar de lugar com os motoristas do túnel.

Mayfeld sacudiu a cabeça.

– Por mais que eu queira sair de viagem por aí com a rebelde da tropa de choque – disse ele –, não vai funcionar.

– Ah, é? – retrucou Cara. – Por que não?

– Porque essas bases remanescentes são organizadas e mantidas por gente que era da Agência de Segurança Imperial, a ASI – Mayfeld explicou. – Se você for escaneada e sua assinatura genética aparecer em qualquer registro da Nova República, você vai ser detectada e aí já era.

Cara fez cara feia.

– Você sabe muita coisa sobre remanescentes Imperiais.

– Ei, se vai me acusar de alguma coisa – retrucou Mayfeld –, é só dizer.

– Não temos tempo para isso – disse Mando. – Fennec vai até lá.

– Eu sou procurada pela ASI – declarou Fennec. – Vou ativar o alarme também.

Mando olhou para Fett, que sacudiu a cabeça.

– Digamos que eles podem reconhecer minha cara – grunhiu o velho.

– Ótimo – disse Mayfeld –, então estou indo sozinho.

– De jeito nenhum – retrucou Cara. – Assim que entrar, ele vai contar tudo. Vai ser visto como um herói.

– Ei – disse Mayfeld –, isso não foi ideia minha. Estou aqui pra fazer um favor pra vocês.

Cara, porém, não comprou a explicação.

– Trato desfeito – disse ela. – Vou levá-lo de volta.

– Eu vou – disse Mando.

Mayfeld o encarou, incrédulo.

– Ei, cara, posso ser bom em passar conversa nos outros, mas não acho que eu consiga explicar um sujeito de armadura Mando aos guardas Imperiais. A não ser que você queira tirar esse capacete, eu vou sozinho e é isso. Ou então é hora de dizer adeus ao seu amiguinho verde.

Mando olhou para o Juggernaut que se aproximava usando o leitor do visor para estudar os dois motoristas de capacete dentro do veículo.

– Você não vai sozinho – disse ele. – Eu vou junto. Mas não vou mostrar meu rosto.

No começo, tudo deu certo. Cara, Mayfeld e Mando saltaram no topo do Juggernaut enquanto ele entrava no túnel. Não foi um pouso silencioso, mas nenhum dos motoristas de elmo ouviu Cara Dune se aproximando até ser tarde demais. Ela surpreendeu os dois com uma série de golpes rápidos como a luz e acabou com eles ao bater a cabeça dos dois motoristas contra o painel de controle, deixando--os inconscientes no chão.

Momentos depois, o transporte estava estacionado dentro do túnel. Cara ficou lá enquanto Mayfeld lutava para colocar o uniforme de um dos motoristas.

– Esse cara fedia – reclamou ele. – As luvas ainda estão molhadas...

Mando apareceu, vindo do fim do túnel, coberto da armadura de combate e elmo.

– Olha só – disse Mayfeld. – Ah, que vergonha. Mas essa coisa vale o preço da entrada.

Cara ergueu uma sobrancelha ao ver Mando.

– Queria poder dizer que ficou bom, mas eu estaria mentindo.

– Foque em eliminar os atiradores do telhado – falou Mando – ou nunca vamos sair daqui.

Ela assentiu.

– Conte conosco.

– E cuide disto. – Mando passou a ela a armadura e o elmo. Não era fácil confiá-los a ninguém, nem mesmo a uma amiga como Cara. – Mantenha em segurança.

– Farei isso – prometeu ela.

– Gente? – chamou Mayfeld. – Ainda estamos trabalhando. – Ele olhou para Mando de relance. – O que eles diriam em Mandalore? – Então, virou-se para Cara. – Sabe, é uma pena que você não venha com a gente. Você é tão bem-humorada. Mal posso imaginar como ficaria engraçada em um uniforme desses.

Cara o ignorou de novo, e Mayfeld e Mando foram para o Juggernaut.

Era hora de começar.

CAPÍTULO 21

ASSIM QUE ENTROU NA CABINE DO JUGGERNAUT, com o painel de controle diante de si, Mayfeld virou um novo homem. Estralou os dedos e apertou um botão, familiarizando-se com os controles e aproveitando a liberdade do momento.

– Bobina de arco, motivador... Ah, aqui vamos nós. Pronto!

Ele pisou no acelerador e o transporte foi para a frente, seguindo por uma estrada construída em meio a uma selva densa. Um momento depois, olhou de relance para Mando.

– Ei, como é a sensação, hein?

Mando não disse nada, focado à sua frente.

– Ei, cara, fala aí – disse Mayfeld. – Você ainda está de elmo, não? – Fez uma pausa. – Certo, olha só, eu vou tirar essa coisa. Não consigo enxergar nada. – Ele se virou para Mando de novo assim que tirou o capacete. – Não entendo por que vocês usam essas coisas. E por "vocês" eu quero dizer os Mandalorianos mesmo.

Mando não respondeu. Continuaram, passando pelos destroços de outro Juggernaut. Esse havia explodido e se reduzido a uma pilha de metal sucateado. Mayfeld ainda franzia o cenho quando ouviu vozes no comunicador.

– Juggernaut Quatro, você está um pouco quente. Tome cuidado com o limite de calor.

– Entendido, Três – respondeu o motorista. – Passamos por alguns buracos. Obrigado pelo aviso.

Mayfeld se remexeu um pouco no assento, e Mando notou como ele estava nervoso.

– Não se preocupe com o ridônio – disse. – Se dirigir de forma estável, vamos chegar à refinaria.

A estrada continuou e o veículo se aproximou de um grupo de casinhas e cabanas com pessoas da região andando ao lado da estrada. Mando viu um grupo de crianças, e uma delas fez contato visual direto, olhando friamente para ele conforme o veículo passava. Mayfeld deu uma risadinha.

– Império, Nova República – disse ele. – É tudo a mesma coisa pra essa gente. Todos nós invadimos suas terras. – Ele continuou dirigindo, pensando mais sobre o assunto. – O que quero dizer é que, em qualquer lugar da galáxia, tem alguém dominando e alguém sendo dominado. – Ele olhou para Mando. – Quer dizer, olhe para sua raça. Você realmente acha que todo esse povo que morreu nas guerras Mandalorianas teve escolha?

Mando não disse nada.

– Então – continuou Mayfeld –, como é que nós somos diferentes do Império? Olha, se você nasceu em Mandalore, você acredita em uma coisa e, se nasceu em Alderaan, você acredita em outra. – Ele deu um tapinha no ombro de Mando para enfatizar a ideia. – Mas quer saber? Nenhum desses lugares existe mais.

Mando olhou para outro lado.

– Ei – disse Mayfeld – só estou sendo realista. Sou um sobrevivente. Assim como você.

Era demais para Mando.

– Vamos deixar uma coisa bem clara – disse. – Nós não temos nada em comum.

– Não sei não – Mayfeld continuou –, parece que suas regras mudam quando fica desesperado. Olha pra você. Disse que não podia tirar o elmo, e agora está com um de um stormtrooper. Então, qual é a regra? – Ele parecia genuinamente curioso. – Você não pode tirar o elmo ou não pode mostrar seu rosto? Porque existe uma diferença.

Mando ficou em silêncio.

– Sei lá – continuou Mayfeld, inabalável. – Só estou dizendo que todos nós somos iguais. Todos têm limites que não cruzam até as coisas saírem do controle. Até onde sei, se você consegue sobreviver até o fim do dia e ainda dormir à noite, está melhor do que a maioria.

– Controle, aqui quem fala é Juggernaut Três – falou a voz do motorista no comunicador mais uma vez. – Acho que estamos passando por alguma interferência na estrada. – A voz do motorista se elevou, em pânico. – Controle, Controle, precisamos de um novo...

A frase foi interrompida por um grito.

– O que foi isso? – perguntou Mayfeld.

Mais acima, uma enorme bola de fogo irrompeu na fileira de árvores. Um momento depois, a voz da operadora falou calmamente do comunicador.

– Juggernaut Três foi destruído.

– *Destruído*? – disse Mayfeld.

Mando olhou os sensores do transporte, todos ainda no verde.

– O ridônio continua estável – disse.

– Juggernaut Cinco – continuou a operadora –, mantenha a mesma rota e velocidade. Prossiga com cautela.

– Prossiga com cautela? Ela está falando sério?

CABUM! Outra explosão ocorreu à distância, acompanhada de outra nuvem fervilhante de chamas espalhando-se pelo céu. Mando checou os monitores que mostravam o lado de fora do transporte e notou que não fora um acidente.

Estavam sendo atacados. De onde estava, Mando conseguia ver um bando heterogêneo de piratas Shydopp conduzindo um esquife, preparando-se para abordar o Juggernaut. Os piratas tinham pele verde-acinzentada, o que dava a eles uma aparência bastante reptiliana, e suas roupas – uma mistura conflituosa de coletes, cintos e túnicas – agitavam-se com o vento conforme se aproximavam. Um dos piratas pulou e agarrou a lateral do transporte com um baque.

– O que foi isso? – perguntou Mayfeld. Mando abaixou a janela e olhou para trás.

– Piratas – respondeu Mando. – Continue dirigindo. Vou cuidar disso.

Ele se inclinou para fora. O pirata na lateral do Juggernaut puxou um detonador termal do cinto e o ativou. Mando pegou o blaster e atirou, mas não acertou no pirata, que escalava para o teto do veículo.

– Você está disparando um blaster perto de ridônio? Sério? – gritou Mayfeld.

– Eles têm detonadores termais! – disse Mando.

– Ótimo.

– Só continue como está – retrucou Mando.

Escalando pela escotilha do teto, ele mirou no pirata Shydopp mais próximo, que já se preparava para pegar os cilindros de ridônio, e atirou. Com um berro, o pirata rolou para trás, caindo do Juggernaut, e Mando disparou de novo, atingindo o esquife e vendo-o explodir na estrada atrás deles.

– Eles estão tentando fazer o ridônio explodir – avisou ele.

– Você acha? – respondeu Mayfeld, irritado. Ele estava encarando os sensores do painel de controle, vendo o nível de volatilidade subir perigosamente com a sacudida da explosão. Acima, Mando estava perto da escotilha quando mais dois esquifes se aproximaram atrás deles, os Shydopps a bordo uivando e brandindo bastões e armas rudimentares. – Você deveria ter me deixado preso! – disse Mayfeld.

Quatro piratas saltaram na parte de trás do transporte. Mando ergueu o blaster e disparou contra um deles, e então apertou o gatilho de novo. *Clique*. Emperrada. Olhou para a arma Imperial inutilizada, e a jogou contra os piratas que vinham em sua direção. Mando golpeou um deles no rosto, tomou sua lança e a usou para atacar outro Shydopp, jogando-o pela borda. Quando o último pirata foi em sua direção, Mando brandiu a lança e o jogou para fora do Juggernaut.

Mas o segundo esquife já se aproximava.

– Mayfeld, vamos! – gritou Mando para a cabine. – *Dirija mais rápido*!

Diante do painel de controle, Mayfeld pressionou o acelerador e o veículo foi para a frente, fazendo um som estridente e quicando com violência na estrada de terra batida. Os sensores de ridônio se elevaram quase imediatamente, ficando vermelhos, a alguns segundos da explosão.

– Não acho que ir mais rápido seja uma boa ideia! – disse, freando.

– O que está fazendo? – berrou Mando. O esquife estava perto o suficiente para uma nova onda de piratas pular no Juggernaut, bem armados e com a intenção de completar o serviço.

Pegando um dos bastões, Mando conseguiu lutar contra os dois primeiros invasores, mas o terceiro o jogou para baixo, prensando-o, enquanto o quarto pirata abria a escotilha de ridônio e pegava outro detonador, ativando-o.

Erguendo-se, Mando deu uma cabeçada no pirata que o segurava e o chutou para o lado. Levantou-se em um pulo e correu até o detonador termal, tirando-o do ridônio e jogando-o no esquife atrás deles. O detonador explodiu com um rugido ensurdecedor, detonando o esquife.

Abaixo, Mayfeld viu a ponte se aproximando depressa.

– Mando – chamou ele. – Eu preciso parar. Não posso cruzar a ponte a essa velocidade!

Mando olhou para trás. Apesar da fumaça da explosão, ele viu outro esquife com mais um grupo de piratas pronto para saltar a bordo. Todos eles tinham algo em mãos e, depois de um momento, Mando percebeu o que era.

Cada um deles segurava um detonador termal.

Em menor número e desarmado, Mando nivelou os ombros e levantou os punhos para confrontar o inevitável. A esse ponto, não havia nada a fazer além de lutar até o fim.

Uma salva de tiros de blaster repentina atingiu o chão ao redor deles, arrancando pedaços de terra de cada lado da estrada. Mando se abaixou e virou-se para ver um par de caças TIE mais acima, disparando contra o esquife até ele explodir em pedacinhos, acabando com os piratas.

Dentro do transporte, Mayfeld comemorou com alegria. Mais acima, troopers saíam do túnel, atirando contra os piratas e fazendo um sinal para o Juggernaut continuar pela ponte. Mando entrou pela escotilha, grunhindo de exaustão, e olhou para a janela, vendo stormtroopers saudando-os conforme passavam.

– Nunca achei que você ficaria feliz de ver stormtroopers – murmurou Mayfeld.

CAPÍTULO 22

DENTRO DO PÁTIO ENCARDIDO DA REFINARIA de ridônio, as saudações e comemorações continuaram. Trabalhadores e troopers Imperiais cercaram o Juggernaut, dizendo "Vocês conseguiram!" enquanto Mando e Mayfeld desciam do veículo.

– Tudo bem – disse Mayfeld em voz baixa. – Tudo que precisamos fazer é encontrar um terminal. Deve estar no refeitório dos oficiais.

Ele guiou Mando pela multidão, saudando os outros e agradecendo com acenos de cabeça enquanto passavam.

O refeitório dos oficiais era um espaço vasto e quase vazio, longe do pátio, com apenas alguns oficiais Imperiais sentados lá dentro, comendo e bebendo e aproveitando os privilégios que tinham. Espiando, Mando viu o quiosque com o terminal de segurança.

– Lá está ele – disse Mayfeld.

– Boa sorte – desejou Mando.

Mayfeld deu um passo para entrar no refeitório. Um momento depois, voltou parecendo pálido e trêmulo.

– Não posso ir lá.

– Por que não? – perguntou Mando.

– Aquele é Valin Hess.

– Quem?

– Valin Hess – repetiu Mayfeld. – Eu era seu subordinado.

Mando olhou para o oficial sentado em uma das mesas, que parecia ter notado que estava sendo observado.

– Ele vai reconhecê-lo?

– Não sei – disse Mayfeld. – Eu era só um agente de campo, mas não vou arriscar. Já era.

– É só fazer isso rapidamente – disse Mando – e nós vamos embora daqui.

Mayfeld sacudiu a cabeça.

– Eu não consigo, certo? Precisamos abortar a missão. Desculpa.

– Não. – Mando ergueu a mão e o parou. – Não posso. Se eu não conseguir essas coordenadas, vou perder o garoto para sempre. Me dê a barra de dados.

Mayfeld olhou para ele, descrente.

– Não vai funcionar – disse, inclinando-se para a frente e falando em um tom baixo e urgente. – Para acessar a rede, o terminal precisa escanear o seu rosto. – Sacudiu a cabeça. – Vamos embora.

– Me dê – ordenou Mando. Então, pegou a barra da mão de Mayfeld e caminhou até o refeitório, tentando ser o mais discreto possível, mas consciente do olhar dos oficiais sobre si conforme se aproximava do terminal. Enfiou a barra de dados no leitor e esperou. O escâner vermelho iluminou o capacete e a tela ficou vermelha.

– Erro – disse a voz digitalizada. – Escaneamento facial incompleto. Dez segundos para desligar o sistema. Seis... Cinco... Quatro...

Mando tirou o capacete.

Seu rosto estava exposto ao terminal, mas ninguém mais podia vê-lo. A luz do escâner passou por seu rosto, a tela trancada desapareceu e foi substituída pelas palavras *ACESSO CONCEDIDO*.

Mando começou a digitar, pegando o esquema do cruzador de Moff Gideon e as coordenadas galácticas no mapa estelar. O plano estava funcionando. Tudo que ele precisava para achar Grogu estava lá, na sua frente.

– Trooper! – gritou alguém do outro lado do refeitório.

Mando congelou e continuou digitando como se não tivesse ouvido nada.

– Trooper! – Era Hess, irritado como um homem que não tem o costume de se repetir. – Preste atenção quando seus superiores falam com você.

Mando tirou a barra do terminal e se virou na direção de Hess, que estava diante dele, carrancudo.

– Qual é sua designação? – perguntou.

– Tripulação de transporte – respondeu Mando.

Hess franziu o cenho.

– O quê?

– Minha designação é copiloto de transporte.

– Não, meu filho – disse Hess. – Qual é o seu número de TC?

– Meu número de TC é... – Mando hesitou.

– Esse é meu oficial de comando, TC-Cinco-Nove-Três, senhor – interrompeu Mayfeld, andando a passadas largas até eles. – Sou o Tenente de Transporte de Combate Imperial TC-Um-Onze, senhor, e temo dizer que vai precisar falar mais alto com ele desde que a nave em que estava perdeu a pressão em Taanab.

Hess aumentou a voz, enunciando cada sílaba.

– Qual é o seu nome, Oficial?

– Nós só o chamamos de Olhos Castanhos – disse Mayfeld. – Não é, Oficial? – Ele já estava levando Mando para fora do refeitório. – Vamos lá, vamos preencher aqueles relatórios de especificação de procedimento para recarregar as bobinas de energia.

– Não estão dispensados – disse Hess atrás deles.

Os dois pararam. Lentamente, Mayfeld e Mando se viraram.

– Vocês são os troopers que trouxeram o carregamento de ridônio? – perguntou Hess.

– Sim, senhor – disse Mayfeld e, um momento depois, Mando repetiu a mesma coisa.

– Bem – disse Hess – vocês dois conseguiram ser os únicos transportes do dia que trouxeram o carregamento. – Seu rosto afiado exibiu um sorriso. – Venham comigo. Vamos tomar alguma coisa. – Então, dando um tapinha no ombro de Mando, acrescentou: – Olhos Castanhos.

Mando e Mayfeld trocaram olhares e seguiram Hess para uma mesa privativa, longe dos outros. Hess chamou um oficial próximo com a mão, que serviu vinho para eles.

– Então, a que deveríamos brindar, rapazes? – perguntou Hess com a taça já erguida. – Eu poderia dizer "à saúde" ou "ao sucesso", mas prefiro algo menos repetitivo.

– Talvez um brinde à Operação Cinzas – sugeriu Mayfeld.

Hess assentiu, com uma expressão de aprovação.

– Um homem que conhece a história.

– Não – retrucou Mayfeld –, eu não só conheço. Eu a *vivi*. – Ele olhou nos olhos do oficial. – Eu estava em Burnin Konn.

O sorriso desapareceu do rosto de Hess.

– Burnin Konn? – ecoou ele.

Mayfeld assentiu.

– Aquele foi um dia difícil – disse Hess. – Tive que tomar muitas decisões desagradáveis.

– Sim, teve – concordou Mayfeld. Assim que falou, sentiu algo queimar dentro de si, e uma chama de indignação que pensou estar esquecida flamejou novamente. – Uma cidade inteira se foi em questão de instantes, junto com todos dentro dela. Perdemos nossa divisão inteira aquele dia. – Ele sacudiu a cabeça, maravilhado. – Cara, isso foi tipo cinco, dez mil pessoas.

– É – disse Hess. Estava sorrindo de novo, exibindo dentes muito brancos. – Todas elas são heróis do Império.

– É – disse Mayfeld. – E todas estão mortas.

– Bem, é um pequeno sacrifício pelo bem maior, filho.

– Depende para quem está perguntando, não acha? – questionou Mayfeld. Sua voz soava diferente, e Hess também percebeu isso.

– O que quer dizer, trooper?

– Toda aquela gente – disse Mayfeld – aqueles que morreram... Foi bom para eles? Para a família deles? Os caras com quem eu trabalhava? Civis, aqueles pobres coitados, morreram defendendo seus lares, lutando por sua liberdade. Isso foi bom pra eles?

Ouvindo tudo isso, o sorriso de Hess tornava-se mais afiado e cruel. Na verdade, parecia mais satisfeito com aquela conversa do que antes.

– Mas nós superamos, filho. Eles estão comendo uns aos outros. A Nova República está desorganizada, enquanto nós ficamos mais fortes.

O carvão queimando no peito de Mayfeld pareceu esquentar ainda mais. No lado oposto da mesa, o Oficial Hess, ainda em sua própria retórica, não parecia ter notado, mas Mando, que olhava de um homem para o outro, notou.

– Veja, com o ridônio que vocês trouxeram – continuou Hess –, podemos criar um pandemônio que vai fazer Burnin Konn parecer nada. E, então, eles vão voltar para nós mais uma vez. Sabem, rapazes – ele se inclinou para a frente, de um jeito conspiratório, como se quisesse confiar algo a Mayfeld e Mando ou compartilhar uma sabedoria profunda –, todos acham que querem liberdade. Mas o que realmente querem é ordem.

Mayfeld encostou no assento e respirou fundo. De repente, sentia-se muito calmo, esperando Hess acabar o discurso.

– E quando perceberem isso – disse Hess – vão nos receber de volta de braços abertos. – Ele ergueu o copo, abrindo um sorriso enorme para Mayfeld, o maior sorriso possível. – Ao Império.

Foi aí que Mayfeld atirou nele.

O barulho do disparo dentro do refeitório dos oficiais foi muito alto.

Mayfeld abaixou a arma. Mando continuou sentado, encarando-o. No instante seguinte, todos os oficiais no refeitório se viraram para olhar para ele. Mayfeld, o antigo atirador de elite Imperial, ergueu o blaster de novo e, com precisão infalível, matou todos eles. Mando tomou a arma de Hess e acabou com os últimos ele mesmo.

Mayfeld deu a Mando seu capacete.

– Você fez o que precisava fazer – disse ele, virando-se. – Eu nunca vi seu rosto.

Mando colocou o capacete e assentiu, agradecendo.

– Segurança para refeitório principal – disse uma voz no alto-falante. – Segurança para refeitório principal.

Do lado de fora, stormtroopers já entravam na sala. Pulando para trás da mesa, Mando chutou a janela para abri-la, e Mayfeld pisou na borda.

No cume acima da refinaria, Fennec e Cara observavam pelo telescópio de seus rifles enquanto Mando e Mayfeld saíam do muro externo, centenas de metros acima do dique mais abaixo. Troopers corriam atrás deles.

– Parede sul – disse Fennec. – Metade para cima.

– Já vi – afirmou Cara. Ela atirou no trooper próximo a Mando, fazendo-o despencar. Fennec também disparou, e as duas eliminaram os troopers de artilharia que cuidavam dos canhões no telhado da refinaria.

Fennec, então, digitou no comunicador, fazendo um sinal para Boba Fett.

– Pronto – disse ela. – Pode vir.

– Estou a caminho – respondeu Fett.

Não havia tempo para hesitar quando Mando e Mayfeld chegaram ao telhado. Se Fennec e Cara não tivessem eliminado os outros atiradores, seria tarde demais para voltar. Correram o mais rápido que conseguiam, esquivando-se dos tiros dos Imperiais restantes, e, quando Mando olhou para cima, viu a nave de Boba Fett descendo. A escotilha já estava aberta.

– Vai! – gritava Mayfeld. – Vai, vai, vai!

Pulando da borda do telhado, Mando aterrissou na rampa e correu para dentro, seguido por Mayfeld, conforme a nave se inclinava e começava a subir bruscamente. Mayfeld controlou a respiração e virou-se para ver a refinaria.

– Passa aquele rifle – disse ele.

Mando pegou o rifle de Caçador Tusken da parede e o entregou a Mayfeld. Ele apoiou a arma no ombro e mirou no Juggernaut parado no pátio. Pelo telescópio, conseguia ver a escotilha com clareza, assim como o ridônio lá dentro.

Mayfeld respirou fundo, expirou lentamente e apertou o gatilho. Tiro perfeito.

BUUUM! Por um momento, a explosão pareceu sugar tudo para dentro de si, e então soltou uma concussão que fez a terra tremer e acarretou uma série de choques ainda maiores, obliterando a base inteira.

Mayfeld assistiu à destruição. Em seguida, virou-se para Mando, devolvendo o rifle.

– Todos nós precisamos dormir à noite – disse ele.

Mais tarde, depois de aterrissarem no que sobrara da refinaria, Mayfeld e Mando esperavam na rampa da nave de Fett enquanto Cara e Fennec saíam da selva.

– Bem – disse Mayfeld –, agora é voltar ao ferro-velho.

Mando se virou para ele.

– Obrigado pela ajuda.

– É – disse Mayfeld. – Boa sorte no resgate do seu menino. – Ele foi até Cara, estendendo os pulsos para ser algemado. – Tudo bem, Oficial, pode me levar de volta.

– Foi um belo tiro lá atrás – disse Cara.

– Ah, você viu? – Mayfeld parecia genuinamente surpreso. – É, não fazia parte do plano. Só queria tirar isso do meu peito.

Cara trocou olhares com Mando e Fennec.

– Sabe – disse ela –, é triste que Mayfeld não tenha escapado com vida de lá.

– É – concordou Mando. – Triste.

Mayfeld os encarou, confuso.

– Do que vocês estão falando?

– Parece que o Prisioneiro Três-Quatro-Seis-Seis-Sete morreu na explosão da refinaria em Morak – disse Cara.

Mayfeld começou a entender.

– Isso significa que eu posso ir embora? – perguntou. – Hein? Porque eu tô indo.

Cara deu de ombros. Mayfeld deu um passo à frente, depois outro, olhando para trás.

– Tá – disse, antes de desaparecer na mata.

Cara virou-se para Mando enquanto subiam a rampa.

– Você conseguiu as coordenadas de Moff Gideon? – perguntou ela.

Mando assentiu.

– Nós conseguimos.

– E o que fazemos agora?

Ele contou a ela.

A bordo do cruzador Imperial leve, o oficial de comunicação chamou Moff Gideon até a ponte de comando.

– Senhor, o senhor deveria ver isto.

Gideon pausou, franzindo o cenho, e apertou um botão. O holograma diante dele mostrava o Mandaloriano encarando-o, falando palavras que Gideon reconhecia bem demais.

– Moff Gideon – disse Mando. – Você tem algo que eu quero. Pode achar que tem ideia do que possui, mas não tem. Logo ele vai voltar a estar ao meu lado. Ele significa mais para mim do que você jamais poderia imaginar.

Gideon continuou encarando o Mandaloriano, imóvel, em silêncio.

Então, o holograma desapareceu.

CAPÍTULO 23

A NAVE DE BOBA FETT ERA UMA NAVE de patrulha e ataque classe *Firespray-31*, equipada com um hiperpropulsor e canhões de blaster gêmeos.

Isso significava que era extremamente rápida e mortal.

No momento, essas características e outras estavam à mostra, conforme atacava uma nave auxiliar Imperial indefesa, classe *Lambda*, disparando enquanto diminuía a distância entre as duas e dominava o veículo menor e mais lento. A nave auxiliar serpenteou em evasão, mas não tinha como competir com a outra. A *Firespray* já estava lá, como uma ave de rapina, disparando os canhões de íon.

De imediato, a nave auxiliar morreu no espaço. Dentro da cabine, dois pilotos lutavam para restaurar a energia enquanto o homem barbudo de óculos entre eles entrava em pânico com a mudança de planos inesperada.

– O que está acontecendo? – perguntou o Dr. Pershing. – Quem são eles?

– Sugiro que cale a boca – disse o piloto. – Este não é seu laboratório.

– Eles nos atingiram com um canhão de íon. – O copiloto estudou o painel de controle, checando meia dúzia de instrumentos, todos apagados. – A aviônica não está respondendo. A comunicação também não.

Uma voz surgiu no comunicador, assustadoramente calma:

– Abaixem o escudo – disse Boba Fett. – Apaguem todos os transponders. Se preparem para abordagem.

De imediato, o piloto obedeceu, ativando o desvio manual, desligando os escudos e retraindo as asas da nave auxiliar para receber seja lá quem tivesse desativado o veículo.

– Eles são piratas – disse o Dr. Pershing. – Não deveríamos lutar?

– Não tenho vontade de morrer – o piloto retrucou. – Você tem?

Pershing não teve oportunidade de responder antes de o clangor barulhento vindo de cima anunciar a chegada da outra nave. Momentos depois, a escotilha se abriu e o Mandaloriano entrou na cabine. Pershing o reconheceu de imediato, e o sangue se esvaiu de seu rosto.

– Antes de você cometer algum erro – o piloto se dirigiu a Mando –, este é o Dr. Pershing.

– Nós nos conhecemos – disse Mando, sem tirar os olhos de Pershing. – O garoto está vivo?

Pershing conseguiu acenar a cabeça, frenético.

– Sim, ele está no cruzador...

O piloto tirou a pistola e agarrou o pescoço de Pershing, golpeando-lhe a cabeça com o blaster. Mando não se moveu. Atrás dele, Cara entrou na cabine, vendo a situação. O piloto olhou para ela.

– Fique aí atrás, rebelde.

– Fique calmo, parceiro – disse o copiloto, tentando manter a voz em um tom razoável. Ele olhou para Mando e Cara. – Certo, eu não estou com ele. Podemos resolver...

O piloto atirou no homem. Os olhos dele estavam arregalados e se moviam rápido demais pela cabine, como se procurasse por soluções que não surgiam no ritmo que ele gostaria.

– Abaixe a arma – disse Cara.

– Não – retrucou o piloto. – Não, vocês vão me ouvir. Este é um alvo de alto nível da Nova República. Este é um engenheiro de clones. E se descobrirem que ele está morto por sua culpa, você vai desejar nunca ter saído de Alderaan.

Os olhos de Cara se estreitaram e seu rosto ficou tenso.

– Eu vi a lágrima – disse o piloto. – E sabe o que mais eu vi? – Ele sorriu. – Vi o seu planeta ser destruído. Eu estava na Estrela da Morte.

– Qual delas? – perguntou Cara. A voz dela era ácida.

– Você se acha engraçada? – perguntou o piloto com aspereza. – Sabe quantos milhões morreram nessas bases, enquanto a galáxia comemorava?

– Abaixe o blaster – disse Cara, apontando a própria arma para o piloto. – Última chance.

– Destruir o seu planeta foi um preço baixo a se pagar para livrar a galáxia do terrorismo – disse ele.

Cara puxou o gatilho, a rajada do blaster roçou a orelha do cientista antes de acertar o piloto, que caiu no chão no mesmo instante. Assim que o corpo do piloto ficou imóvel, Pershing tocou em seu rosto chamuscado e começou a gritar.

Cara se virou e saiu.

A nave de Boba Fett girou no céu e aterrissou na plataforma do espaçoporto vibrante de Lafete. O prédio mais próximo era um estabelecimento cujo propósito principal parecia ser servir viajantes e pilotos de longos percursos das principais rotas comerciais galácticas. Quando entraram, Mando reconheceu a Manopla que pertencia a Bo-Katan.

Ele e Boba Fett pararam e perscrutaram a sala escura, onde havia duas figuras sentadas ao fundo. Bo-Katan e Koska estavam sem elmo, bebendo garrafões da bebida local.

Mando e Fett caminharam até a mesa. Os outros clientes ficaram em silêncio, olhando com nervosismo para as armaduras que eles vestiam, e começaram a se levantar de suas cadeiras. Pouco a pouco, o lugar esvaziou.

Bo-Katan e Koska olharam para eles.

– Preciso de sua ajuda – disse Mando.

Bo olhou para os dois com uma expressão tranquila.

– Nem todos os Mandalorianos são caçadores de recompensa – retrucou ela. – Alguns de nós servem um propósito maior.

– Eles pegaram a Criança – disse Mando.

– Quem?

– Moff Gideon.

O rosto dela se tornou sombrio.

– Você nunca vai encontrá-lo.

– Não precisamos dessas duas – disse Boba Fett. – Vamos embora.

Bo-Katan encarou Fett com uma careta.

– Você não é Mandaloriano.

– Nunca disse que era – retrucou Fett.

– Não sabia que subalternos podiam falar – Koska o repreendeu.

Com uma risadinha, Fett foi até ela.

– Ora, se não é a Quacta chamando o Stifling de gosmento.

Koska se levantou, olhos fixos no visor dele.

– Pega leve, pequena – disse Fett.

Koska já estava tensa, pronta para lutar.

– Logo mais, você vai estar falando em um tanque de bacta – grunhiu ela.

– Acalmem-se – disse Bo-Katan, ficando entre eles. – Guardem essa tensão para os Impes.

– Nós temos as coordenadas dele – falou Mando.

Essas palavras fizeram o comportamento de Bo-Katan mudar. Ela o encarou.

– Você pode me levar até Moff Gideon?

– Moff tem um cruzador leve – disse Mando. – Pode ser útil para quando você tentar reivindicar Mandalore.

Boba Fett bufou.

– Você só pode estar brincando – disse ele. – Mandalore? O Império destruiu aquele planeta.

– Você é uma desgraça para sua armadura! – Bo-Katan disse a ele.

– Esta armadura pertencia ao meu pai.

– Seu doador, você quis dizer? – retrucou ela, aproximando-se. – Você é um clone. Já ouvi sua voz um milhão de vezes.

– Pode ser a última voz que vai ouvir – grunhiu Fett.

Isso bastou para Koska. Ela pulou sobre ele, os punhos erguidos. Engalfinhando-se com ela, Fett a jogou em uma mesa, quebrando o móvel em dois com a força do impacto. Antes que ela pudesse se equilibrar mais uma vez, ele lançou um cabo do próprio pulso, laçando-a. Koska pegou o cabo e o puxou em direção a ela, virando Fett contra outra mesa. Os dois se levantaram ao mesmo tempo, acionando os lança-chamas.

– Basta! – gritou Bo-Katan. – Vocês dois! – Ela sacudiu a cabeça enquanto eles se afastavam. – Se tivéssemos mostrado essa coragem toda ao Império, não teríamos perdido nosso planeta. – Ela se virou para Mando. – Vamos ajudá-lo. Em troca, levaremos a nave para retomar Mandalore. Se conseguir terminar sua missão, peço que reconsidere se juntar a nós. Os Mandalorianos estão exilados de nosso planeta natal por tempo demais.

– Justo – disse Mando enquanto saíam.

– Mais uma coisa.

– Sim?

– Gideon tem uma arma que pertencia a mim – disse Bo-Katan. – É uma arma ancestral. Pode cortar tudo.

– Quase tudo – corrigiu Koska.

– Não pode cortar beskar puro – disse Bo-Katan. – Vou matar Moff e pegar de volta o que me pertence. – Ela falava com a confiança de alguém que já vira o seu destino e estava determinada a segui-lo. – Com o sabre negro, Mandalore finalmente estará em nossas mãos.

– Me ajude a resgatar a Criança – falou Mando – e você pode ter o que quiser. Ele é minha única prioridade.

A bordo da nave de Fett, o grupo se juntou para planejar o próximo passo. O Dr. Pershing estava algemado em um canto, ouvindo enquanto Bo-Katan apontava para o esquema holográfico do alvo.

– Esse é o cruzador Imperial leve de Moff Gideon – disse ela. – Antigamente, teria centenas de tripulantes. Agora opera com uma pequena fração disso.

– Sua avaliação é enganosa – disse Pershing.

Cara debochou.

– Ah, ótimo, uma opinião imparcial.

– Não estou tentando enganá-los – retrucou Pershing. – Eu asseguro a vocês. – Ele se virou para olhar para o grupo. – Há uma guarnição de dark troopers a bordo. Foram eles que sequestraram a Criança.

– Quantos troopers eles têm com essas armaduras? – perguntou Mando.

– Eles são modelos de terceira geração – respondeu Pershing. – Não são mais armaduras. O humano que havia dentro era a última fraqueza a ser resolvida. Eles são droides.

– Onde eles estão armazenados? – perguntou Fennec.

Indicando o holograma, Pershing apontou para o porão de carga na periferia do cruzador.

– Estão em um depósito resfriado no porão de carga. Eles requerem energia demais para permanecerem ativos o tempo todo.

– Quanto demora para serem carregados? – perguntou Fennec.

– Alguns minutos, talvez – respondeu Pershing.

Mando olhou para ele.

– Onde estão mantendo a Criança?

Pershing apontou com as mãos algemadas para uma câmara no centro de um salão no holograma.

– Essa é a cela. Ele está sendo mantido lá por guardas armados.

– Muito bem – disse Bo-Katan. – Vamos nos dividir em dois grupos.

Mando sacudiu a cabeça.

– Eu vou sozinho.

– Certo. – Bo-Katan assentiu vendo o diagrama da nave, ilustrando o plano enquanto o descrevia. – Fase um: a nave auxiliar Lambda manda um pedido de socorro. Dois: fazemos nossa entrada triunfal em um pouso de emergência, na boca do tubo de decolagem, evitando possíveis interceptores. Koska, Fennec, Dune e eu vamos desembarcar com máxima iniciativa. – Ela fez uma pausa. – Assim que neutralizarmos o compartimento de decolagem, vamos atravessar os deques onde ficam os tandens em uma manobra de entrada.

– E eu? – perguntou Mando.

– Nós vamos distraí-los – disse Bo-Katan. – Assim que chamarmos a atenção deles, você entra de fininho e pega o garoto.

– Esses dark troopers vão dar trabalho – disse Cara.

– O compartimento deles fica na direção da cela – Bo falou com Mando. Ela se virou para Pershing. – Podemos chegar lá antes de eles serem ativados?

Pershing pensou por um momento.

– É possível.

– Aqui. – Fennec pegou o cilindro de Pershing do bolso do médico e o entregou a Mando. – Leve o cilindro de código e tranque o depósito deles. Nós podemos lidar com todos os outros.

Mando assentiu. Conseguia ver tudo agora, como seria e o que precisava fazer. Tudo dependia de todas as partes do plano funcionarem.

– Nos vemos na ponte – disse.

CAPÍTULO 24

O *FIRESPRAY* VOOU PELO HIPERESPAÇO COM a Lambda logo atrás, ambas as naves presas às coordenadas do cruzador de Moff. Dentro da nave auxiliar, Cara se virou para falar com o grupo.

– Assim que aterrissarmos, vamos para a ponte.

– Moff Gideon é meu – afirmou Bo-Katan. – Entenderam?

– Ele é um ex-ASI – disse Cara. – Ele tem acesso a muitas informações. Preciso dele vivo.

Bo olhou de relance para ela.

– Eu não ligo para o que acontecer com ele depois, contanto que ele se renda a *mim*.

A voz de Fett falou no comunicador.

– Preparem-se para sair do hiperespaço.

– Entendido – respondeu Bo-Katan. – Cai fora daqui assim que formos para a plataforma. E os disparos precisam ser convincentes.

– Carregue bem esses escudos, princesa – retrucou Fett. – Vou fazer um belo show.

– Cuidado com esses canhões – Bo-Katan o lembrou.

– Não se preocupe comigo – disse Fett. – Tomem cuidado lá.

Não havia mais nada que pudessem dizer. Todos sabiam o que precisava ser feito. Koska checou os controles.

– Saindo do hiperespaço em três... dois... um...

Eles pularam para fora do hiperespaço e entraram na batalha.

– Aqui quem fala é a nave auxiliar Lambda dois-sete-quatro-três – falou uma voz aterrorizada no comunicador. – Solicitando permissão para pouso de emergência! Estamos sendo *atacados*!

Moff Gideon estava na ponte do cruzador, olhando por cima do ombro do oficial da ponte. Ele não falou, só ouviu.

Desde que recebera o holograma do Mandaloriano, seus instintos permaneceram em alerta enquanto focava no plano de ação. Quando Pershing chegasse, eles conseguiriam extrair o que precisavam da Criança e trariam glória ao Império novamente.

– Repito, permissão para pouso de emergência – disse Bo-Katan no comunicador. A nave auxiliar foi berrando para o espaço aéreo do cruzador com a nave de Fett em seu encalce, os tiros de canhão errando a nave auxiliar com destreza para completar a encenação da catástrofe. Alguns dos tiros de Fett eram tão próximos que quase arranharam a nave.

– Entendido, nave auxiliar Lambda – respondeu o oficial de comunicação. Houve um pequeno atraso antes de a voz continuar. – Fique longe do tubo de decolagem. Acionando o esquadrão de caça...

Bo utilizou o acelerador e fez a nave auxiliar correr, disparando em direção à nave Imperial. De lá, conseguia ver o tubo se abrindo, observando dois caças TIE mudando de posição na plataforma de decolagem. A essa velocidade e trajetória, os caças teriam de sair de seu caminho para evitar uma colisão, mas ela não podia mais parar.

– Pedido negado! – gritou o oficial de comunicação. – Saia de perto do tubo de decolagem até os caças passarem!

– Negativo! – vociferou Bo-Katan de volta. – Estamos sendo atacados!

Os TIEs que saíram do tubo foram em direções diferentes um segundo antes de serem atingidos pela nave auxiliar, que entrou de cabeça na abertura, retraindo as asas no impacto contra o saguão, metal arranhando e gemendo conforme a nave deslizava para dentro do tubo e finalmente parava.

Oficiais do convés e stormtroopers se espalharam ao redor deles, apressando-se na direção da nave enguiçada e fazendo gestos furiosos enquanto se aproximavam. A rampa da nave começou a descer e Bo, Cara, Fennec e Koska correram para baixo.

– O que estão fazendo? – gritou um dos oficiais. – Limpem a área! Tirem essa coisa...

Os disparos começaram de imediato. O rifle de Fennec já estava pronto e disparando enquanto Cara abria fogo automático ao seu lado. As duas guerreiras Mandalorianas ligaram os propulsores a jato, voando em direção às portas. Ao pousarem, eliminaram a tripulação do convés restante antes que a maior parte dos Imperiais conseguisse responder.

Assim que a fumaça se dissipou, Mando desceu pela rampa.

Ele estava sozinho, os outros já haviam saído do tubo rumo à ponte. Ele tinha o blaster na mão e a lança de beskar nas costas em vez do propulsor a jato. Pisando nos corpos de stormtroopers e oficiais de convés, ele logo abriu caminho em meio às sombras.

Grogu estava lá, em algum lugar.

E o tempo continuava passando.

– Tudo limpo – disse Koska.

– Limpo demais. – Bo-Katan escaneou o perímetro, segurando um blaster e apontando mais à frente. – Fiquem de olhos bem abertos.

Estavam passando por algum compartimento de carga cujas reentrâncias mal iluminadas estavam perturbadoramente quietas. Os únicos sons vinham dos sistemas de controle de temperatura e, mais abaixo, o estável zunido pulsante dos enormes motores da nave. Mais adiante, Cara e Fennec passavam pelo labirinto de contêineres e paletes, as duas em alerta para qualquer sinal de atividade.

Um stormtrooper apareceu, e Cara atirou. Dois outros troopers vieram em seguida, disparando de volta.

– Parem! – ordenou um deles. – Não se mexam! Joguem as armas.

Fennec e Cara trocaram olhares.

Em vez de jogarem as armas, jogaram os troopers para longe, a tiros.

Mas mais Imperiais surgiam para substituí-los. Se quisessem chegar à ponte, teriam de ir atirando até lá.

De repente, Koska e Bo-Katan voaram com elas, os lança-chamas rugindo contra a próxima onda de troopers. Cara acabou com outra rodada, e o blaster silenciou em sua mão.

– Minha arma emperrou! – gritou ela.

– Eu cubro você – disse Fennec, eliminando o stormtrooper que estava prestes a atirar nela, e as duas seguiram, Cara usando o rifle como porrete, golpeando os troopers azarados que acabaram em seu caminho. Fennec eliminou outro com um tiro, e Cara assentiu rapidamente, grata.

– Obrigada.

As duas guerreiras Mandalorianas já estavam na próxima parte, movendo-se pelo fim do compartimento até o túnel escuro além dele. Ao entrar em um elevador, Koska e Bo respiraram fundo, preparando-se para o que viria a seguir enquanto Cara arrumava o blaster.

– *Dank farrik*! – disse Cara, irritada, brigando com a arma. – Filho de um scuffer!

Bo olhou para ela.

– Tem certeza de que não precisa de ajuda?

Cara esmurrou a coronha do rifle contra o chão do elevador, e ele voltou à vida em suas mãos.

– Acho que isso foi o suficiente – disse. – Com licença.

As portas se abriram e elas começaram a disparar.

Ao chegar ao compartimento dos dark troopers, Mando notou que era tarde demais. Moff Gideon já carregara seu exército de droides de olhos vermelhos. Conseguia vê-los marchando em sintonia, mortais e imparáveis.

Inserindo o cilindro de código no painel, ativou o sistema de contenção do compartimento e selou a porta. A escotilha estava quase fechada quando um par de mãos pretas passou pelo vão e forçou as portas a se abrirem novamente. Encarando-o com olhos vermelhos que não piscavam, o dark trooper agarrou Mando pela garganta, levantou-o e golpeou-o contra o chão.

Mando perdeu o ar com o impacto. Ergueu o braço e lançou um gêiser de chamas, seguido por pássaros sibilantes, exaurindo todas as armas do arsenal, mas o dark trooper não se abatia. O trooper o agarrou, batendo-o contra a parede, e começou a socar seu elmo com uma série contínua de pancadas até empurrar o elmo de Mando contra o painel atrás dele, rompendo um cano de gás.

Mando pegou a lança de beskar e investiu, inserindo-a no ponto onde o capacete do droide se fixava no resto do corpo. A parte inferior do capacete cuspiu um enxame de faíscas. Com toda sua força, Mando puxou o bastão para baixo, terminando de arrancar a cabeça da coisa, empurrando o droide decapitado para trás, cambaleante e confuso, já em pane.

Mando correu de volta para o painel na porta, onde outros dark troopers esmurravam o transparaço, que já começava a rachar e ceder. Mando bateu em um botão, e as portas do outro lado do compartimento se abriram.

Com um zunido, a câmara inteira foi despressurizada, jogando os dark troopers para o espaço.

Em questão de segundos, Fennec, Cara e as duas guerreiras Mandalorianas alcançaram a ponte. A tripulação e os stormtroopers restantes dispararam de trás de seus consoles de controle, mas não eram páreo para o quarteto. Pela primeira vez, as quatro lutavam juntas como uma equipe, cada uma consciente de seu papel sem questionar ou hesitar.

Koska correu para os controles e pressionou uma série de botões.

— Sistema de armas desativado — relatou.

Bo-Katan olhou ao seu redor com um sentimento crescente de desconforto e fez a pergunta que rondava a cabeça de todas elas:

— Onde está Gideon?

Dois stormtroopers estavam de guarda do lado de fora da cela. Quando viram Mando se aproximar, abriram fogo, mas não foram rápidos o bastante.

Como um relâmpago, Mando ergueu a lança de beskar, golpeando o elmo de um dos troopers e nocauteando-o. Ele pressionou o bastão contra a garganta do segundo trooper, apertando até o Imperial parar de tentar se desvencilhar com chutes e seu corpo amolecer. Mando o jogou no chão e deslizou a chave de cilindro na escotilha selada. As portas da cela se abriram com um zunido suave. Com o blaster na mão, deu um passo à frente.

Grogu estava lá sentado.

A criança parecia aterrorizada e confusa. Um par de algemas colava seus pulsos minúsculos.

De pé acima dele, Moff Gideon segurava o sabre negro sobre a cabeça de Grogu.

Gideon encarou Mando, imóvel.

– Abaixe o blaster – ordenou Gideon. – Lentamente.

Mando abaixou.

– Agora, chute-o em minha direção.

Mando obedeceu.

– Muito bem – disse Gideon.

– Me dê o garoto – retrucou Mando.

Gideon não se moveu.

– O garoto está bem aqui. – Gesticulou com o sabre, movendo-o de trás para a frente no ar acima da cabecinha enrugada de Grogu, como se transfixado pelo poder da arma. – Hipnotizante, não acha? Costumava pertencer a Bo-Katan. – Ele voltou a olhar para Mando. – Sim, eu sei que está viajando com Bo-Katan. Conselho de amigo: presuma que sei de tudo. Como o fato de que seu lançador de pulso disparou sua única e última salva.

– Aonde quer chegar? – perguntou Mando.

– Vou contar aonde quero chegar. – A voz de Moff endureceu, livrando-se de qualquer falso senso de civilidade. – Suponho que Bo-Katan e seu grupo tenham chegado à ponte me procurando ou, melhor, procurando por *isto*. – Ele gesticulou de novo com o sabre negro. – Mas eu não estou lá. E suponho que elas tenham matado todos que estavam na ponte, sendo as selvagens homicidas que são, e agora estão entrando em pânico. – Ele espiou Mando com curiosidade. – Sabe por quê? Porque significa poder. Qualquer um que brandir esta espada tem o direito de reivindicar o trono de Mandalore.

– Pode ficar com ela – disse Mando. – Eu só quero o garoto.

Moff Gideon parou por um momento, considerando as opções.

– Muito bem – disse. – Já consegui o que queria dele. O sangue. – O tom de Moff mudou mais uma vez, tornando-se razoável, como se ele e o Mandaloriano fossem velhos amigos discutindo questões sobre as quais os dois concordariam facilmente. – Tudo que eu queria era estudar o sangue dele. Esta criança é excepcionalmente dotada e foi abençoada com propriedades raras que têm o potencial de trazer a ordem de volta à galáxia.

Mando aguardou sem responder. Gideon estudou a Criança, observando o jeito como Grogu olhava para seu protetor.

– Posso ver sua conexão com ele – disse Moff. – Leve-o. Mas você vai deixar minha nave imediatamente e vamos partir para caminhos diferentes.

Mando se inclinou. Assim que tentou alcançar Grogu, Moff Gideon investiu, atacando-o com o sabre negro. O impacto da lâmina contra o beskar causou um baque repentino. Mando defendeu-se com a manopla e tirou a lança das costas com um movimento fluido. Usando o bastão, bloqueou o sabre, mas Gideon já contra-atacava com uma série de golpes brutais enquanto se moviam da cela para o corredor contíguo.

Moff o atacou de novo e, dessa vez, Mando quase não conseguiu erguer a lança rápido o suficiente. Indo em direção ao saguão, Gideon continuava atacando, a ponta do sabre negro arrastando-se pela parede, arrancando centelhas e afundando-se na nave até abrir um buraco profundo. Mando o chutou para trás, ativou o gancho de agarre e apanhou Gideon, mas Moff cortou o cabo facilmente e investiu mais uma vez, rosnando.

Mando empurrou a lança para a frente, girando-a, e derrubou a espada da mão de Gideon. Ela derrapou pelo corredor, soltando faíscas. Movendo a lança, Mando golpeou seu oponente na cabeça, derrubando-o, e virou o bastão para a ponta afiada ficar bem contra a garganta de Gideon.

Gideon olhou para ele, sorrindo.

– Você está poupando minha vida – disse ele. – Bem, isso vai ser interessante.

CAPÍTULO 25

NA PONTE, CARA E FENNEC AGUARDAVAM junto de Bo-Katan e Koska quando a porta se abriu. As Mandalorianas já haviam tirado os elmos e, quando Bo-Katan viu quem se aproximava, brandiu a lâmina da manopla, preparada para lutar. Então, lentamente, abaixou o pulso, uma expressão de confusão formando-se em seu rosto.

Mando arremessou Moff Gideon na ponte. Gideon estava algemado, e Mando passou por ele, carregando a Criança em uma das mãos e o sabre negro na outra.

Bo franziu o cenho ainda mais.

– O que houve?

– Ele o trouxe vivo, isso que houve – disse Cara. – E agora a Nova República vai ter que dobrar o pagamento.

Moff Gideon sacudiu a cabeça.

– Não é disso que ela está falando – disse ele com um sorrisinho, olhando para Bo-Katan. – Por que você não o mata para pegá-lo? – Então, olhando de volta para Mando, seu sorriso aumentou. – É seu agora.

– O que é meu? – perguntou Mando.

– O sabre negro. Pertence a você.

Mando desativou o sabre e estendeu o braço para dá-lo a Bo-Katan.

– Agora pertence a ela.

Mas Bo-Katan não o pegou. Em vez disso, permaneceu parada, os braços junto ao corpo, sem responder. No chão, entre eles, Moff Gideon falou mais uma vez, parecendo deliciado com a situação.

– Ela não pode pegar – esclareceu ele a Mando. – Precisa ganhá-lo em batalha. Para poder brandir o sabre negro mais uma vez, ela precisaria derrotá-lo em combate.

– Eu me entrego – disse Mando, o sabre ainda esticado diante de si. – É seu.

Moff Gideon deu uma risadinha, aproveitando tudo.

– Ah, não – disse. – Não funciona assim. O sabre negro não tem poder. A história é que tem. Sem essa espada, ela é só uma impostora em busca do trono.

Mando esperou que Bo-Katan respondesse. Ela não o fez.

– Ele está certo – disse.

– Vamos – Mando a encorajou. – É só pegar.

Por um longo momento, ninguém se moveu. Então, do console atrás deles, o alarme de proximidade da nave começou a apitar. Moff Gideon ergueu uma sobrancelha.

– Bem, talvez ela tenha outra chance.

Fennec olhou o monitor da estação de escaneamento.

– Os escudos de energia foram violados – disse ela. – Estamos sendo abordados.

– Quantas formas de vida? – perguntou Bo.

Fennec olhou para cima, surpresa.

– Nenhuma.

Gideon se levantou.

– Estão prestes a enfrentar dark troopers – disse ele, olhando para Mando. – Você teve bastante trabalho com um deles. Vamos ver o que acontece quando enfrentar um pelotão.

Bo checou os monitores de segurança, que mostravam fileiras de dark troopers marchando pelo corredor, com armas prontas e em mãos. Eles se moviam pela nave tão formidáveis e inevitáveis quanto a própria morte. Logo, Bo-Katan e os outros ouviram o som das botas do lado de fora ecoando pelo veículo.

– Eles estão vindo para cá – disse ela.

Grogu se remexeu nos braços de Mando, inquieto. Ele deixou a Criança em um lugar seguro.

– Não se preocupe, garoto. Vou tirar você daqui.

– Fechem as portas – disse Fennec.

A porta se fechou quando Koska apertou o botão.

Um instante depois, Koska se virou para alertar os outros, deixando de olhar para a tela. Do outro lado da porta, os droides pararam de marchar.

– Eles estão aqui – disse ela.

A ponte ficou em silêncio. Fennec pegou seu rifle e Cara ergueu o blaster, olhando por cima do cano. Koska e Bo-Katan colocaram os elmos e pegaram as armas, preparando-se para o que estava por vir.

Do lado de fora, os dark troopers começaram a esmurrar as portas à prova de explosões. De forma contínua, sem parar. Logo, as portas começaram a tremer e ceder aos impactos.

Gideon olhou para Mando.

– Você tem uma equipe de combate impressionante para protegê-lo – declarou ele. – Mas acho que todos sabemos que, depois de um confronto corajoso, todos nesta sala estarão mortos, exceto eu e a Criança.

Mando não respondeu. As batidas continuavam. As portas se deformavam sob a chuva de pancadas, o vão se abria, aumentando a cada batida. Não demoraria muito.

Mando acionou o sabre na mão esquerda e agarrou o blaster com a direita. Os outros deram um passo à frente ao seu redor, preparando-se para a invasão.

No painel, o alarme soou novamente.

Mando se virou e olhou à sua volta, vendo uma nave parar ao lado do cruzador. Os outros também olhavam para ela.

– Um X-wing – disse Koska.

– *Um X-wing?* – debochou Cara. – Ótimo. Estamos salvos.

Bo-Katan acionou o comunicador.

– Veículo recém-chegado, identifique-se.

Não houve resposta. Na tela, assistiram conforme o X-wing deslizava pelo tubo, preparando-se para aterrissar. No chão, onde Mando o colocara, Grogu se sentou, movendo as orelhas e arregalando os olhos.

Então, do lado de fora das portas à prova de explosão, os golpes cessaram.

Fennec e Cara se entreolharam. De repente, a ponte ficou perturbadoramente quieta.

Pela primeira vez, surgiu um olhar incerto no rosto de Moff Gideon.

– Por que eles pararam? – perguntou Fennec.

O grupo abaixou as armas, observando os monitores. Na tela, uma figura encapuzada se moveu pelo corredor, segurando um sabre de luz verde e brilhante. As câmeras de segurança da nave mal conseguiam captar os movimentos da arma reluzente.

Os dark troopers fizeram menção de atacar, mas a figura os desarmou rapidamente, defletindo os disparos dos blasters com facilidade. A figura se moveu para a frente e cortou os droides, cujos corpos caíram no chão em pedaços enquanto ela se aproximava.

– Um Jedi – sussurrou Bo-Katan.

Os olhos de Moff Gideon se arregalaram de terror conforme ele compreendia a situação. Ele se jogou contra Bo-Katan e pegou o blaster dela com as mãos algemadas, disparando contra a mulher repetidas vezes. Os tiros ricochetearam na armadura, mas um deles se infiltrou por entre as placas de beskar, e ela gritou, caindo no chão e agarrando a própria perna.

Virando-se, Gideon mirou contra Grogu. Mando pulou, colocando-se diante da Criança, e o tiro acertou o peitoral da armadura. Koska, Fennec e Bo apontaram as armas para Gideon.

– Abaixe a arma! – gritou Fennec.

Vendo que não tinha escolha, Gideon posicionou o blaster debaixo do próprio queixo. Antes que pudesse puxar o gatilho, Cara deu um passo à frente e o derrubou com uma cotovelada. Gideon caiu no chão, inconsciente.

Mando olhou para a Criança, que se dirigiu até a tela e colocou a mão no monitor, observando com enorme atenção enquanto a figura encapuzada chegava ao elevador que levava à ponte. A figura entrou, e o elevador começou a subir.

Mais acima, do outro lado das portas à prova de explosões, os dark troopers se viraram para o elevador, esperando.

As portas se abriram.

Os troopers atacaram.

O que aconteceu a seguir não poderia ser chamado de luta. A figura encapuzada brandiu o sabre de luz contra o exército de droides Imperiais, abrindo caminho em meio ao metal tostado e às faíscas, movendo-se entre o pelotão sem um arranhão, deixando para trás apenas destroços e fumaça. Mais dark troopers investiram, e a figura os dispensou com um aceno de mão, arremessando-os para o lado com um tipo de autoridade que não tinha qualquer relação com armas de fogo. Quando o último droide atacou, a figura ergueu uma das mãos e paralisou a coisa, esmagando-a por dentro, demolindo-a com um gesto.

A figura parou diante das portas à prova de explosões.

Na ponte, Mando olhou para a Criança, que encarava os monitores. Grogu se virou, focando a atenção na porta, e Mando se agachou para pegá-lo no colo.

– Abra as portas. – Ele foi até Fennec, diante do painel de controle, e olhou para ela. – Eu falei para abrir as portas.

– Você ficou louco? – perguntou Fennec.

Mando deixou a Criança no chão e apertou o botão. As portas à prova de explosão se abriram, e a figura entrou, a lâmina do sabre de luz emitindo um brilho verde em meio à fumaça. Mando e os outros encararam a figura conforme ela se aproximava, desligava a arma e tirava o capuz.

O Jedi conhecido como Luke Skywalker estudou o grupo. Grogu o encarou, arregalando os olhos.

– Você é um Jedi? – perguntou Mando.

Luke assentiu.

– Sim, eu sou. – Ele estendeu o braço para Grogu. – Venha, pequenino.

A Criança olhou para Mando, murmurando, incerto.

– Ele não quer ir com você – disse Mando.

– Ele quer sua permissão – esclareceu Luke. – Ele é poderoso com a Força, mas talento sem treino não significa nada. – Ele olhou para Mando. – Darei minha vida para proteger a Criança, mas ela não estará segura até controlar o próprio poder.

Grogu ainda olhava Mando. Abaixando-se, o Mandaloriano o pegou no colo mais uma vez.

– Pode ir – disse. – É o seu lugar. Ele é como você. Nos veremos de novo, eu prometo.

A Criança se esticou em direção ao elmo de Mando. Após um momento, Mando tirou o capacete lentamente, deixando a Criança ver seu rosto pela primeira vez. Os olhos de Grogu brilharam vendo o homem, e sua mãozinha tocou o rosto de Mando.

– Certo, parceiro – disse Mando. – É hora de ir. Não fique com medo. – Ele se agachou e deixou a Criança no chão, esperando Grogu andar até o Jedi.

Atrás de Luke, ouviram um pio animado conforme o droide astromecânico azul e branco chamado R2-D2 deslizou pelo chão. Grogu e o droide se olharam, R2-D2 bipando e a Criança arrulhando. Ao erguer o rosto, os olhos de Luke e Mando se encontraram.

A Criança olhou para Luke e levantou os braços, e o Jedi a pegou.

– Que a Força esteja com você – disse Luke. Ele se virou e saiu, com RD-D2 logo atrás.

Mando os viu partir, os olhos brilhando de emoção, e Grogu o fitou por cima do ombro de Luke. Quando pisaram no elevador, o Mandaloriano olhou a Criança pela última vez.

As portas se fecharam, e eles foram embora.

EPÍLOGO

A NOITE CHEGOU DEPRESSA EM TATOOINE.

No palácio que um dia pertencera a Jabba, o Hutt, Bib Fortuna era o centro das atenções no trono do finado criminoso galáctico. O Twi'lek engordara desde que assumira o poder, a papada pendendo junto ao lekku cintilante enrolado ao redor de seu pescoço e pendurado em seu peito. Cortesãos e aproveitadores formavam seu séquito. Guardas Gamorreanos vigiavam cada lado do local, e uma prisioneira Twi'lek aterrorizada estava acorrentada pelo tornozelo à base do trono.

Bib se acomodou no assento com um riso de alegria, aproveitando os espólios de seu sucesso. Era bom ser rei.

Então, da escadaria mais acima, houve uma série de explosões de blaster.

Bib inclinou-se para a frente, comandando os guardas em Huttês. Os Gamorreanos avançaram em direção à altercação fora dali. Outros dois disparos de blaster foram ouvidos, e os dois guardas caíram no chão, mortos. Preocupado, Bib mandou outro de seus servos, e depois outro. Mais fogo de blaster foi visto da sala do trono conforme cada um deles caía.

Os únicos que sobraram foram o próprio Bib e a Twi'lek acorrentada ao seu lado.

Fennec Shand saiu das sombras. Bib ficou perplexo ao vê-la, sem dizer nada. Fennec mirou o rifle na direção da Twi'lek escravizada e puxou o gatilho. A corrente se partiu.

A mulher Twi'lek pareceu aliviada e confusa ao mesmo tempo. Com um movimento sutil da cabeça, Fennec fez um sinal para mostrar que ela podia ir embora. A Twi'lek se levantou e correu para as sombras com sua recém-conseguida liberdade.

Fennec olhou para Bib Fortuna. O criminoso ainda a encarava quando Boba Fett entrou na sala, segurando um blaster.

Bib ficou pasmo ao vê-lo.

– Boba – disse ele em Huttês. – Achei que estava morto. – Um sorriso nauseado surgiu em seu rosto. – Estou tão feliz de vê-lo. Ouvi muitos boatos.

Boba apontou o blaster e disparou. Bib sacudiu-se com o impacto e caiu para a frente.

Subindo na plataforma, Boba Fett empurrou o corpo sem vida para o lado e acomodou-se no assento de poder. Ao lado dele, Fennec abriu uma garrafa de licor e a levou aos lábios.

Sentado no trono, Boba Fett olhava fixamente, os olhos mirando o futuro.

O Mandaloriano está em uma missão de levar a Criança ao povo dela.

Enquanto procura por outros Mandalorianos em Tatooine, Mando se depara com o Xerife Cobb Vanth, que usa uma armadura Mandaloriana encontrada no deserto.

A *Razor Crest* é perseguida por pilotos da Nova República.

Mando e a Criança se refugiam em um planeta coberto de neve que esconde criaturas mortais.

Mando e a Criança são resgatados de piratas por Bo-Katan, de Mandalore.

Mando ajuda os outros Mandalorianos a invadir uma nave Imperial remanescente em troca de informações sobre os Jedi.

Greef Karga está feliz de ver a Criança mais uma vez.

A Criança é deixada em uma escola local, por segurança. Será que ela conseguirá se manter longe de problemas?

Bo-Katan diz para o Mandaloriano procurar Ahsoka Tano, uma ex-Jedi.

Ahsoka avisa Mando que não pode treinar a Criança — cujo nome é Grogu — porque ela é muito apegada a Mando.

Grogu usa a pedra da visão de Tython para se comunicar com a Força.

Boba Fett chega a Tython – junto com Fennec Shand – em busca de sua armadura roubada.

Os dark troopers de Moff Gideon são enviados para raptar Grogu.

Boba Fett concorda em ajudar Mando a resgatar Grogu, em troca de sua armadura.

Moff Gideon segura o sabre negro, preparando-se para impedir o Mandaloriano de resgatar Grogu.

O Mandaloriano usa a lança de beskar contra o sabre negro!

Mando oferece o sabre negro à Bo-Katan, mas ela o recusa, já que a arma deve ser conquistada em batalha.

Um estranho encapuzado chega à nave de Moff Gideon – é o Jedi Luke Skywalker!

Na despedida, Mando mostra seu rosto para Grogu.

Luke Skywalker leva Grogu para continuar seu treinamento Jedi.